好《す》きな人《ひと》に
好《す》きな人《ひと》がいても
好《す》き。

characters

登場人物紹介

安堂拓海《あんどうたくみ》（山田裕貴《やまだゆうき》）

軽《かる》いノリの男子《だんし》だが、仁菜《にな》子《こ》に本気《ほんき》で恋《こい》をする。

是永大樹《これながだいき》（入江甚儀《いりえじんぎ》）

仁菜子《になこ》のクラスメイトで、麻由香《まゆか》の弟《おとうと》。

木下仁菜子《きのしたになこ》（有村架純《ありむらかすみ》）

素直《すなお》でなにごとにも一生《いっしょう》懸命《けんめい》。初恋《はつこい》の相手《あいて》は、蓮《れん》。

是永麻由香《これながまゆか》（佐藤《さとう》ありさ）

蓮《れん》の年上《としうえ》の彼女《かのじょ》で、雑誌《ざっし》の人気《にんき》モデル。

杉本真央《すぎもとまお》（黒島結菜《くろしまゆいな》）

安堂《あんどう》の中学《ちゅうがく》の後輩《こうはい》で、元彼女《もとかのじょ》。

一ノ瀬蓮《いちのせれん》（福士蒼汰《ふくしそうた》）

学校中《がっこうじゅう》の女子《じょし》からの人気者《にんきもの》。
年上《としうえ》の彼女《かのじょ》がいる。

「蓮《れん》くん!」
「どうしたの?」

「あのねっ……私《わたし》……
蓮《れん》くんが好《す》きです」

「……ありがとう。
でも俺《おれ》、付《つ》き合《あ》ってる人《ひと》がいるんだ」

——それが、終《お》わりで、
始《はじ》まりだった。

「そろそろ限界《げんかい》なんじゃないの？」

「蓮《れん》を想《おも》う気持《きも》ちなんか、
俺《おれ》がぜんぶ消《け》してあげる」

「……そういう冗談《じょうだん》、
言《い》わないほうがいいよ」

「本気《ほんき》で言《い》ってる。
だから、俺《おれ》を利用《りよう》していいよ」

いったい自分《じぶん》はなにを
しているんだろう。
蓮《れん》への気持《きも》ちは
なにも変《か》わってないのに

「私《わたし》にだっていろいろある、って言《い》ったけど——
ひとつしかないの……」

「私《わたし》……蓮《れん》くんが好《す》きです」

「俺《おれ》も、木下《きのした》さんが
好《す》きだよ——大好《だいす》きだよ」

「好《す》き」が積《つ》もっていく——。

ストロボ・エッジ

映画ノベライズ　みらい文庫版

咲坂伊緒・原作
松田朱夏・著
桑村さや香・脚本

集英社みらい文庫

まるで〝ストロボ〟みたいな、まぶしく強《つよ》い光《ひかり》が
するどい〝エッジ〟のように、胸《むね》につきささる——
……〝恋《こい》〟って、そんな感《かん》じだと思《おも》う

プロローグ

夕陽《ゆうひ》のさすプラットホームにすべりこんできた電車《でんしゃ》から、ばらばらと人《ひと》がおりてくる。

その中《なか》に、制服姿《せいふくすがた》の背《せ》の高《たか》い少年《しょうねん》がひとり。

高校生《こうこうせい》、だろうか。

通学《つうがく》カバンを肩《かた》にかけ、改札《かいさつ》にむかってゆっくりと歩《ある》いていく。


「蓮《れん》くん！」

とつぜん、同《おな》じ学校《がっこう》の制服《せいふく》を着《き》た少女《しょうじょ》が、発車《はっしゃ》まぎわの電車《でんしゃ》からかけだした。

少年《しょうねん》の名《な》を呼《よ》びながら、その背中《せなか》を追《お》いかける。

「どうしたの？」

おどろいたようにふりかえった少年《しょうねん》に、少女《しょうじょ》は言《い》った。

「あのねっ……私《わたし》……蓮《れん》くんが好《す》きです」

少年《しょうねん》は、目《め》を見《み》ひらいて、短《みじか》く息《いき》をはく。

「……ありがとう」

それから、困《こま》ったように視線《しせん》をさげる。

「——でも俺《おれ》、付《つ》き合《あ》ってる人《ひと》がいるんだ」


少女《しょうじょ》は、うん、とうなずく。

「知《し》ってた」

だったらどうして、と言《い》いたそうな少年《しょうねん》に、少女《しょうじょ》は笑《わら》いかける。

「私《わたし》はただ、伝《つた》えたかっただけだから——すっきりした」

少年《しょうねん》はほほえむ。

少女《しょうじょ》も笑《わら》う。

「これからも、今《いま》までどおりしゃべってくれる？——友《とも》だちとして」

少女《しょうじょ》の、ほんの少《すこ》しの表情《ひょうじょう》のゆれに、少年《しょうねん》は気《き》づかず、やさしく言《い》った。

「うん。もちろん」


——それが、終《お》わりで、始《はじ》まりだった。

1. 初恋《はつこい》

「見《み》て見《み》て、蓮《れん》くんがいるよ」

渡《わた》り廊下《ろうか》で立《た》ちどまり、さゆりが下《した》を指《ゆび》さす。

仁菜子《になこ》がそっちを見《み》ると、A《エー》棟《とう》とB《ビー》棟《とう》の間《あいだ》の広《ひろ》い通路《つうろ》を、男子《だんし》数人《すうにん》が歩《ある》いていくところだった。

その中《なか》でひときわ背《せ》が高《たか》い少年《しょうねん》は、ふざけあう友人《ゆうじん》たちと少《すこ》しはなれて、ミステリアスな表情《ひょうじょう》。

「いいねぇ、今日《きょう》もクールだねぇ」

「なんかさー、今《いま》どき硬派《こうは》っぽいとこが、またいーんだよねー！」

つかさもうっとりと言《い》う。

少年《しょうねん》——一ノ瀬蓮《いちのせれん》は、この光陽台高校女子《こうようだいこうこうじょし》の、あこがれの存在《そんざい》だった。

すらりとした長身《ちょうしん》も、切《き》れ長《なが》の目《め》や鼻筋《はなすじ》の通《とお》った顔立《かおだ》ちも、無口《むくち》なところも。

まだ一年生《ねんせい》だが、とてもそうは見《み》えない。

子供《こども》っぽいほかの男子《だんし》たちとは、まるでちがう空気《くうき》をまとっているようだった。

なにより、まったく笑《わら》わない。

だから、話《はな》しかけるきっかけもつかめない。

「……どうしたら仲《なか》よくなれるのかな」

仁菜子《になこ》がぽつりと言《い》うと、つかさがニヤッと笑《わら》った。

「なに言《い》ってんの〜！　あんたには大樹《だいき》がいるじゃん！」

「大樹《だいき》とはべつに、そんなんじゃないよ」

仁菜子《になこ》はちょっとふくれて言《い》いかえす。そのとたん、タイミング良《よ》く男子《だんし》の声《こえ》。

「なんか今《いま》、俺《おれ》の話《はなし》してた？」

うしろからとつぜんあらわれて、仁菜子《になこ》の顔《かお》をのぞきこんできたのが、是永大樹《これながだいき》だ。

「してませーん」

「ウワサをすれば、かぁ」

さゆりとつかさはニヤニヤと仁菜子《になこ》を見《み》たが、仁菜子《になこ》はちょっと困《こま》ってしまう。

「なに？　ウワサってなんのウワサ？」

「だからしてないってば！」

仁菜子《になこ》がちょっと乱暴《らんぼう》に押《お》しやると、大樹《だいき》は、ちぇーっ、と笑《わら》いながらむこうへいってしまった。

「ははっ、わかりやすっ」

さゆりが笑《わら》う。

「大樹《だいき》って、絶対《ぜったい》仁菜子《になこ》のこと好《す》きだよね。仁菜子《になこ》だってそうでしょ」

つかさも、ひゅーひゅー、と言《い》いながら仁菜子《になこ》をこづいた。

「……たしかに、大樹《だいき》とは中学《ちゅうがく》から一緒《いっしょ》で仲《なか》はいいよ。一緒《いっしょ》にいると楽《たの》しいし、いいヤツだし……嫌《きら》いじゃないけど」

「だから〜それが好《す》きってことじゃん！」

ふたりにまた笑《わら》われ、仁菜子《になこ》はあいまいに笑《わら》いかえしながら、心《こころ》の中《なか》で首《くび》をかしげていた。

（そうなのかな——？）

これが好《す》きってことなんだろうか。

自分《じぶん》は、いつのまにか大樹《だいき》に恋《こい》をしていたのかな？

でも、ぜんぜんピンとこない。


「恋《こい》って、どういう気持《きも》ちになるものなの？」

渡《わた》り廊下《ろうか》を歩《ある》きながら仁菜子《になこ》がたずねると、さゆりとつかさは顔《かお》を見《み》あわせた。

「んー、例《たと》えば～、その人《ひと》のこと考《かんが》えただけで胸《むね》がキューってなって、とにかくせつないんだよ！」

「意味《いみ》もなく泣《な》きたくなったり、胸《むね》になにか刺《さ》さったみたいに苦《くる》しいの！」

「苦《くる》しいの？　なんかヤなことばっかじゃん」

顔《かお》をしかめる仁菜子《になこ》に、ふたりは肩《かた》をくんで笑《わら》う。

「苦《くる》しいけど、ヤじゃないんだよ！」

「ふぅーん……」

でもしそれが恋《こい》だとしたら。

(やっぱり私《わたし》は——)

まだ恋《こい》を知《し》らない、と思《おも》った。


『新咲田《しんさくた》、新咲田《しんさくた》〜。お出口《でぐち》は左側《ひだりがわ》です』

学校帰《がっこうがえ》りの電車《でんしゃ》で、うつらうつらしていた仁菜子《になこ》は、そのアナウンスで目《め》をあけた。

(まだ新咲田《しんさくた》か……)

仁菜子《になこ》のおりる駅《えき》まではもう少《すこ》しある。友《とも》だちにメールでもしようかなと、通学《つうがく》カバンのポケットからスマホを取《と》りだす。

(あっ)

うっかり手《て》がすべり、スマホが目《め》の前《まえ》の床《ゆか》に転《ころ》がった。そこへ、ちょうど歩《ある》いてきた人《ひと》の足《あし》が——……。

「あっ」

革靴《かわぐつ》の底《そこ》から、パキッ、と音《おと》がした。

スマホについていたイヤホンジャックのかざりが割《わ》れたのだ。

「すみません、弁償《べんしょう》します」

あせったようにしゃがみこんで、粉々《こなごな》になったプラスチックの小《ちい》さなパイナップルを拾《ひろ》い集《あつ》めているのは――。

(れ、蓮《れん》くん……!?)

それは、あの、一ノ瀬蓮《いちのせれん》だった。

初《はじ》めて、みんなのアイドルと間近《まぢか》に顔《かお》を見《み》あわせ、仁菜子《になこ》は言葉《ことば》が出《で》なかった。

蓮《れん》は、着《き》ている制服《せいふく》から、仁菜子《になこ》が同《おな》じ学校《がっこう》だと気《き》づいたらしい。

「何年何組《なんねんなんくみ》?」

スマホとイヤホンジャックの残骸《ざんがい》をさしだしながらそうきかれた仁菜子《になこ》は、思《おも》わず立《た》ちあがって、裏返《うらがえ》った声《こえ》で答《こた》えた。

「い、一年《ねん》一組《くみ》の、木下仁菜子《きのしたになこ》!　……です」

蓮《れん》は仁菜子《になこ》の勢《いきお》いに押《お》されて少《すこ》しおどろいたようだったが、もう一度《いちど》、ごめんね、とあやまると、早足《はやあし》で電車《でんしゃ》をおりていった。

（うわぁ、どうしよう……しゃべっちゃった……しかもクラスとかきかれちゃったよ）

いつもクールで無表情《むひょうじょう》な蓮《れん》の、ひどくあせった顔《かお》。

ごめんね、と言《い》った声《こえ》。

（なんだか、ちょっとイメージがちがうな）

遠《とお》くから見《み》ていたときは、もっと冷《つめ》たい人《ひと》かと思《おも》っていたのに。

（でも――なんだか、うれしいな）

それから数日後《すうじつご》。

なんと、蓮《れん》はほんとうに、新品《しんぴん》のイヤホンジャックを持《も》って、仁菜子《になこ》の教室《きょうしつ》までやってきた。

「同《おな》じようなのがなかったから、俺《おれ》なりに選《えら》んでみたんだけど――好《この》みだってあるだろうし、気《き》に入《い》らなかったら捨《す》ててもいいから」

教室中《きょうしつじゅう》の視線《しせん》が集《あつ》まっている。

仁菜子《になこ》もおどろいて声《こえ》が出《で》ない。

蓮《れん》は、それを特《とく》に気《き》にする様子《ようす》もなく、小《ちい》さな紙袋《かみぶくろ》を仁菜子《になこ》に渡《わた》すと、教室《きょうしつ》を出《で》ていこうとした。

かたまっていた仁菜子《になこ》は、はっと我《われ》にかえって、あわてて彼《かれ》を追《お》いかける。

「捨《す》てたりしないよ！」

思《おも》わずそう叫《さけ》んでしまい、自分《じぶん》でもびっくりする。

蓮《れん》は、入《い》り口《ぐち》のところで立《た》ちどまり、仁菜子《になこ》をふりかえった。

「だれかが自分《じぶん》のためにしてくれたことは、どんなことでも、どんなものでもうれしいよ。だから、捨《す》てたりしない」

蓮《れん》は、おどろいたような顔《かお》をしていたが——やがて、ふっ、と笑《わら》った。

「ありがとう」

初《はじ》めて見《み》た、蓮《れん》の笑顔《えがお》。

そのとき——たしかに、胸《むね》になにかが刺《さ》さったような気《き》がした。

『その人《ひと》のこと考《かんが》えただけで胸《むね》がキューってなって、とにかくせつないんだよ』

『意味《いみ》もなく泣《な》きたくなったり、胸《むね》になにか刺《さ》さったみたいに苦《くる》しいの』

蓮《れん》が出《で》ていって、やっと教室《きょうしつ》は少《すこ》し静《しず》かになる。

仁菜子《になこ》はそっと紙袋《かみぶくろ》をあけてみた。

中《なか》に入《はい》っていたのは、蝶《ちょう》の形《かたち》の、とても女《おんな》の子《こ》っぽい、華奢《きゃしゃ》なデザインのイヤホンジャック。

(蓮《れん》くん——これ買《か》うとき恥《は》ずかしかったんじゃないのかな)

どれにしようか迷《まよ》ったりしたのかな、と思《おも》うと——……。

胸《むね》が、きゅっ、として。

（そうか。これが――……）
これが、恋《こい》、なんだ。
苦《くる》しくて、せつないけれど、でも――イヤじゃない。
これが、恋《こい》、なんだ。

2. 告白《こくはく》

それ以来《いらい》——仁菜子《になこ》は、どこにいても、蓮《れん》の姿《すがた》をさがしてしまうようになった。
今《いま》までさゆりたちとミーハーに騒《さわ》いでいたときとは、ぜんぜんちがう。
蓮《れん》を見《み》つけると、一瞬《いっしゅん》まわりの音《おと》がなにも聞《き》こえなくなって。
どんなにたくさんの人《ひと》がいても、蓮《れん》だけがそこにいるように見《み》えて。
目《め》を合《あ》わせたいくせに、いざそうなると、反射的《はんしゃてき》にそらしてしまったり。
そして後悔《こうかい》する。あいさつぐらいすればよかった、と。
期待《きたい》する。またこっちを見《み》てくれないか、と。
視線《しせん》が合《あ》うだけで——うれしくて泣《な》きそうになる。

これが恋《こい》。これが仁菜子《になこ》の初恋《はつこい》。

そして同時《どうじ》にわかってしまった。
是永大樹《これながだいき》に対《たい》する気持《きも》ちは——やっぱりちがうんだ、ということに。

「仁菜子《になこ》——俺《おれ》と付《つ》き合《あ》って」

学校《がっこう》からの帰《かえ》り道《みち》。通《かよ》い慣《な》れた歩道橋《ほどうきょう》の上《うえ》で。

ある日《ひ》とつぜん、大樹《だいき》にそう言《い》われた。

仁菜子《になこ》はくちびるをかむ。

「中学《ちゅうがく》のときからずっと好《す》きだった」

まじめな顔《かお》で、じっと仁菜子《になこ》を見《み》つめて、大樹《だいき》は言《い》う。

「親《おや》が離婚《りこん》してへこんでるときそばにいてくれて、それからずっと……仁菜子《になこ》だけを見《み》てきた」

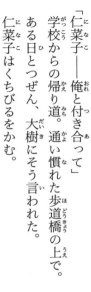

（大樹《だいき》──）
仁菜子《になこ》は思《おも》いだす。
大樹《だいき》の両親《りょうしん》が離婚《りこん》して、お父《とう》さんが家《いえ》を出《で》ていったときのこと。
とても落《お》ちこんでいて──なんて声《こえ》をかけていいかわからなかった。
（私《わたし》、なにもできなかったと思《おも》ってたけど……）
大樹《だいき》がそんなふうに感《かん》じていたなんて。
「……ごめん、大樹《だいき》とは付《つ》き合《あ》えない」
今《いま》の仁菜子《になこ》には、そう言《い》うことしかできない。
自分《じぶん》がこの気持《きも》ちを知《し》る前《まえ》なら──もしかしたら、うなずいてしまったかもしれない。
大樹《だいき》とはずっと、仲《なか》よしの友《とも》だちで。やさしくて明《あか》るくて、一緒《いっしょ》にいると楽《たの》しくて。
だから──これが好《す》きって気持《きも》ちなんだとかんちがいしてしまったかもしれない。
でも、今《いま》はもうわかる。
大樹《だいき》の好《す》きと、自分《じぶん》の好《す》きは、ちがうってことが。
だから──ちゃんと、ことわらなくてはならないのだ。

「ごめん」

大樹《だいき》は、わかってた、というような顔《かお》で、ため息《いき》をついた。

「仁菜子《になこ》——一ノ瀬《いちのせ》のこと好《す》きなの？」

小《ちい》さくうなずいて歩《ある》きだした仁菜子《になこ》を追《お》うようにして、大樹《だいき》が言《い》った。

「でも、あいつ、彼女《かのじょ》いるよ」

「えっ……」

仁菜子《になこ》は息《いき》をのんだ。

どうして大樹《だいき》がそんなことを知《し》っているんだろう。

大樹《だいき》は、なにか大《おお》きな秘密《ひみつ》をはきだすような口《くち》ぶりでつづけた。

「あいつの彼女《かのじょ》、俺《おれ》の姉貴《あねき》なんだ」

「……そう、なんだ」

ふっ、と、目《め》の前《まえ》が暗《くら》くなった気《き》がした。

大樹《だいき》のお姉《ねえ》さん。

まだ会《あ》ったことはないけれど、仁菜子《になこ》は知《し》っていた。

ふたつ年上《としうえ》で、べつの高校《こうこう》にいっているんだけど、たしか、たしか……。

「仁菜子《になこ》には前《まえ》に言《い》ったことあるだろ。俺《おれ》の姉《ねえ》ちゃん、モデルの仕事《しごと》してるって」

そう――大樹《だいき》のお姉《ねえ》さんは、今売《いまう》りだし中《ちゅう》のファッションモデル。

近頃《ちかごろ》、雑誌《ざっし》の表紙《ひょうし》にも載《の》るようになった。

とても――とてもきれいな、人《ひと》。

「だから一ノ瀬《いちのせ》のこともだまってた。ばれたら姉《ねえ》ちゃんの仕事《しごと》にマズイと思《おも》って――でも」

「うん……わかった」

仁菜子《になこ》はうつむく。

それしかできない。ほかにどうすることも。

「だったら俺《おれ》と――……」

「ごめん」

仁菜子《になこ》は、大樹《だいき》の顔《かお》をまっすぐ見《み》て、言《い》った。

「それでも――やっぱり大樹《だいき》とは付《つ》き合《あ》えない」


「ちょっと、仁菜子《になこ》、大樹《だいき》のことフッたんだって？」

次《つぎ》の日《ひ》の放課後《ほうかご》。どこから聞《き》きつけたのか、さゆりとつかさが教室《きょうしつ》で仁菜子《になこ》に詰《つ》めよってきた。ほかの女《おんな》の子《こ》たちも数人《すうにん》集《あつ》まってくる。

「うん……大樹《だいき》のことは好《す》きだけど、それは恋愛感情《れんあいかんじょう》じゃないって気《き》づいたから……」

えー、と、女《おんな》の子《こ》たちはざわめいた。

「……ということは、もしかして仁菜子《になこ》、ほかに好《す》きな人《ひと》ができたってこと？」

さゆりにたずねられ、仁菜子《になこ》はコクリとうなずく。

「……私《わたし》……蓮《れん》くんのこと、本気《ほんき》で好《す》きになっちゃったんだ……」

「ええーっ!?」

つかさが、マジでひいた、という顔《かお》になる。

「よりによって、なんで蓮《れん》くん？」

「今《いま》まで何人《なんにん》の子《こ》が玉砕《ぎょくさい》したと思《おも》ってんのっ」

「ああいう人《ひと》は遠《とお》くから眺《なが》めてんのがいちばんいいんだって！」

女《おんな》の子《こ》たちが口々《くちぐち》に言《い》う。

「そ、それに、蓮《れん》くんて、学外《がくがい》にカノジョいるらしいよ？」

うしろから身《み》をのりだしてきた女《おんな》の子《こ》が言《い》った。

「あっ、それ私《わたし》も聞《き》いた！」

「駅《えき》で待《ま》ち合《あ》わせてるの見《み》たとか――……」

「……知《し》ってる」

仁菜子《になこ》がうなずくと、さゆりがあきれたようにため息《いき》をついた。

「だったらなおさら望《のぞ》みなんかないじゃん！」

「やめちゃえば？　そんなむくわれない恋《こい》なんか」

つかさも言《い》った。でも、仁菜子《になこ》は思《おも》わずムキになってしまった。

「やめたいと思《おも》って、やめられるものなの⁇　蓮《れん》くんにカノジョがいても、むくわれないってわかってても、消《き》えないんだもんっ」

そう──大樹《だいき》にその話《はなし》を聞《き》いたあとも。

仁菜子《になこ》の蓮《れん》に対《たい》する気持《きも》ちは消《き》えてなくなったりしなくて。

それどころか、大《おお》きくなっていくような気《き》さえして。

女《おんな》の子《こ》たちは、しーん、となってしまう。

「……それはわかるけどさ、だけど、蓮《れん》くんとはどうにもならないんだったら、とりあえず大樹《だいき》と付《つ》き合《あ》ってみれば？」

さゆりの言葉《ことば》に、仁菜子《になこ》は強《つよ》く首《くび》を横《よこ》にふった。

「大樹《だいき》はいいヤツだもん。だから余計《よけい》こんな気持《きも》ちでなんか付《つ》き合《あ》えないよ」

さゆりたちは顔《かお》を見《み》あわせて、それから、しかたなさそうに笑《わら》った。

むくわれない恋《こい》とわかっていても。
気持《きも》ちは、消《き》えてなくなったりしない。
だから、ただ見《み》つめていよう、と。
そう——思《おも》っていた。
でも。

もう一年生《ねんせい》も終《お》わりに近《ちか》づいた、三月半《がつなか》ば。
日差《ひざ》しがやっとあたたかくなってきた帰《かえ》りの電車《でんしゃ》の中《なか》で、仁菜子《になこ》は、連結器越《れんけつきご》しに、隣《となり》の車両《しゃりょう》に座《すわ》っている蓮《れん》を眺《なが》めていた。

前《まえ》に立《た》った、おなかの大《おお》きな女《おんな》の人《ひと》に、席《せき》を譲《ゆず》っている。

（好《す》きな人《ひと》がやさしいと、うれしいな……）

譲《ゆず》った席《せき》の近《ちか》くにいるのが気恥《きは》ずかしかったのか、蓮《れん》はむかい側《がわ》のドアのそばへ移動《いどう》した。ドアにもたれて、外《そと》を眺《なが》めている。

仁菜子《になこ》は席《せき》を立《た》ち、そっちへ歩《ある》いていった。

ずっと見《み》ていたことに気《き》づかれないように、まるでたまたま通《とお》りかかったような顔《かお》で、蓮《れん》のむかいに立《た》つ。

ぺこりと頭《あたま》をさげると、蓮《れん》も同《おな》じようにして笑《わら》う。

そういえば、蓮《れん》と初《はじ》めて話《はなし》をしたのも、帰《かえ》りの電車《でんしゃ》だった。

『新咲田《しんさくた》ー、新咲田《しんさくた》ー。お出口《でぐち》は左側《ひだりがわ》です』

電車《でんしゃ》がとまり、蓮《れん》がおりる。

夕陽《ゆうひ》のさすホームに、蓮《れん》のうしろ姿《すがた》が小《ちい》さくなっていく。

（私《わたし》の、初《はじ》めて好《す》きになった人《ひと》が、蓮《れん》くんでよかった——……）

うまくいくとか、いかないとか、そんなのじゃなく。
蓮《れん》を好《す》きになって、初《はじ》めて知《し》ったいろんな気《き》持《も》ちがよみがえる。

仁《に》菜《な》子《こ》は、思《おも》わず電《でん》車《しゃ》を飛《と》びだした。
ホームを歩《ある》いていく蓮《れん》のうしろ姿《すがた》に走《はし》りよる。

ただ「好《す》き」だと。
ただ伝《つた》えたい。
蓮《れん》を好《す》きになってうれしかったことを。
こんなに愛《いと》しい気《き》持《も》ちを、教《おし》えてくれてありがとう、と。

「蓮《れん》くん！」

「どうしたの？」

おどろいたようにふりかえった蓮《れん》に、仁菜子《になこ》は言《い》った。

「あのねっ……私《わたし》……蓮《れん》くんが好《す》きです」

蓮《れん》は一瞬目《いっしゅんめ》を見《み》ひらき——それから困《こま》ったように言《い》った。

「……ありがとう。——でも俺《おれ》、付《つ》き合《あ》ってる人《ひと》がいるんだ」

仁菜子《になこ》は、うん、とうなずく。

「知《し》ってた」

「……ごめん」

すまなそうに言《い》う蓮《れん》に、仁菜子《になこ》は首《くび》を横《よこ》にふる。

「ううん。私《わたし》はただ、伝《つた》えたかっただけだから——すっきりした」

蓮《れん》は、なんと言《い》っていいかわからないようだった。

仁菜子《になこ》はできるだけ明《あか》るく聞《き》こえるように、笑《わら》いながらつづけた。

「これからも、今《いま》までどおりしゃべってくれる？——友《とも》だちとして」

蓮《れん》は、ホッとしたように笑《わら》った。

「うん。もちろん」

仁菜子《になこ》も笑《わら》った。

こうして——夕陽《ゆうひ》のさす駅《えき》のホームで、仁菜子《になこ》の初恋《はつこい》は終《お》わった。

3. クラスがえ

「あっ、やったじゃん、みんなおんなじクラスだよ」

春休《はるやす》みが終《お》わって四月《がつ》になり、仁菜子《になこ》は二年生《ねんせい》に進級《しんきゅう》した。

始業式《しぎょうしき》の朝《あさ》、靴箱《くつばこ》のガラス戸《ど》に張《は》りだされた新《あたら》しいクラス分《わ》け表《ひょう》を指《ゆび》さしながら、つかさが仁菜子《になこ》の肩《かた》をたたく。

「二年四組《ねんくみ》」に、仁菜子《になこ》と、つかさとさゆりの名前《なまえ》が書《か》かれている。

よかったねー、と言《い》いあいながら、男子《だんし》の名簿《めいぼ》に目《め》をやった仁菜子《になこ》は、あっ、と声《こえ》をあげてしまった。

「どした？　……って、あー！　蓮《れん》くんも一緒《いっしょ》だ！」

そう。そこには、一ノ瀬蓮《いちのせれん》の名前《なまえ》も、はっきり書《か》かれていたのだ。

「やったじゃーん、とも言《い》えないか」

さゆりたちが苦笑《にがわら》いする。もちろんふたりは、仁菜子《になこ》が春休《はるやす》み前《まえ》に蓮《れん》に告白《こくはく》してふられたことを知《し》っている。

「や、だいじょうぶ、だいじょうぶ」

笑《わら》う仁菜子《になこ》に、さらにつかさが追《お》いうちをかけてきた。

「ってか、大樹《だいき》も同《おな》じクラスなんだけど」

「えっ」

「わー、ほんとだ。仁菜子《になこ》～、大当《おおあ》たりだよ。ふった相手《あいて》とふられた相手《あいて》が同《おな》クラだ」

ははは、と仁菜子《になこ》も笑《わら》った。笑《わら》うしかできなかった。

いこう、とさゆりに手《て》をひかれ、仁菜子《になこ》は教室《きょうしつ》へと歩《ある》きだす。

大樹《だいき》とは、あのあと少《すこ》し気《き》まずい時期《じき》もあったけれど、やっと最近《さいきん》ふつうに話《はな》せるようになってきた。

元《もと》どおりとはいかないかもしれないけれど、変《へん》に緊張《きんちょう》することはもうない。大樹《だいき》もこのごろ、笑《わら》いかけてくるようになった。

しかし、蓮《れん》のほうはどうしよう。

どういうふうに接《せっ》すればいいんだろう。


あれこれ考《かんが》えているうちに新《あたら》しい教室《きょうしつ》についてしまった。

うしろの扉《とびら》から、中《なか》をおそるおそるのぞきこむ。

真《ま》ん中《なか》あたりの席《せき》に、蓮《れん》が座《すわ》っている。

「仁菜子《になこ》、だいじょうぶ？」

さゆりの言葉《ことば》に、うん、とうなずいたとたん、隣《となり》に立《た》っていたつかさが、思《おも》いっきり仁《に》菜子《なこ》をつきとばした。

「ほら、ちゃんとあいさつしてこい！」

「うわっ」

つんのめりながら教室《きょうしつ》に飛《と》びこんでしまった。しかも、そのいきおいでだれかにぶつかった。

「わっ、びっくりした」

「ご、ごめんなさいっ！」

とっさにあやまってから顔《かお》をあげると、ぶつかった相手《あいて》——茶髪《ちゃぱつ》の男子生徒《だんしせいと》が、じーっ、と仁菜子《になこ》の顔《かお》を見《み》つめている。

(おこってるのかな……？)

だが、彼《かれ》は、いきなり仁菜子《になこ》を指《ゆび》さすと、叫《さけ》ぶように言《い》った。

「**ああ！　春休《はるやす》み直前《ちょくぜん》に、蓮《れん》にふられてた子《こ》だ！**」

教室中《きょうしつじゅう》の視線《しせん》が、一気《いっき》に仁菜子《になこ》に集中《しゅうちゅう》したのがわかった。

「ちょ、ちょっと、そんな大声《おおごえ》でやめてよ！　……っていうか、なんでそのこと知《し》ってんの……」

泣《な》きそうな声《こえ》で抗議《こうぎ》する仁菜子《になこ》にむかって、茶髪男子《ちゃぱつだんし》は笑《わら》いながら自分《じぶん》を指《ゆび》さした。

「目撃者《もくげきしゃ》！　目撃者《もくげきしゃ》その一」

「えっ」

「つーか、学校中《がっこうじゅう》みんな知《し》ってるよ？　駅《えき》のホームで告《こく》ったりしたら、ウワサになるに決《き》まってんじゃん」

男子《だんし》がげらげらと笑《わら》う。

ぼうぜんと、仁菜子《になこ》は教室《きょうしつ》を見《み》まわした。

みんな、自分《じぶん》のほうを見《み》てクスクス笑《わら》っている。

（そりゃそうだ――あんな目立《めだ》つことした私《わたし》が浅《あさ》はかだった……）

蓮《れん》もふりかえってこちらを見《み》ていた。すまなそうな顔《かお》をしている。

（蓮《れん》くんにも迷惑《めいわく》かけちゃったなぁ……）

どんよりと落《お》ちこみながら、自分《じぶん》の席《せき》に座《すわ》る。

と、そのとき。

「木下《きのした》さん」

声《こえ》をかけられ、目《め》をあげると――いつのまにか、そこに蓮《れん》が立《た》っていた。

「同《おな》じクラスだね。これから一年間《ねんかん》よろしくね」

ごくふつうにそう言《い》った蓮《れん》に、仁菜子《になこ》もなんとか笑顔《えがお》でかえす。

「うん」

へー、と言《い》う声《こえ》がどこかから聞《き》こえた。

教室《きょうしつ》がまた少《すこ》しざわついて、それからちょっとシーンとなる。

教室《きょうしつ》を出《で》ていく蓮《れん》を、みんなが目《め》で追《お》っていた。

（よかった……蓮《れん》くん、迷惑《めいわく》だとは思《おも》っていないみたい……）

やっと空気《くうき》が変《か》わって、ふつうにもどった教室《きょうしつ》で、仁菜子《になこ》はほっとため息《いき》をつく。

ところが。

「ねぇ、アイツってどーなのよ？」

机《つくえ》にどん、と手《て》をついて、顔《かお》をのぞきこんできたのは、さっきの茶髪男子《ちゃぱつだんし》。

「ふった子《こ》にあんな平気《へいき》でしゃべるって、無神経《むしんけい》じゃない？」

ニヤニヤと話《はな》しかけてくる。

「……ちがうよ。っていうか、えっと……」

名前《なまえ》がわからなくて口《くち》ごもる。彼《かれ》はにっと笑《わら》った。

「俺《おれ》、安堂拓海《あんどうたくみ》」

「あ、安堂《あんどう》くん、には、関係《かんけい》ないでしょ。蓮《れん》くんは私《わたし》が気《き》まずくならないように、ふつうにしてくれてるんだよ」

思《おも》わず言《い》いかえすと、安堂拓海《あんどうたくみ》はあきれたように言《い》った。

「はぁ？　そんなんでいいの？」

「いいの。私《わたし》がたのんだことだから。ふられたからって、もう話《はな》すことも目《め》も合《あ》わすこともできなくなるなんて、私《わたし》はそのほうがイヤなの。だから、お願《ねが》いだからほっといて」

仁菜子《になこ》がきっぱりと言《い》うと、拓海《たくみ》は、ふぅーん、と、また笑《わら》った。


だって、ふられた人《ひと》と同《おな》じぐらい、ふった人《ひと》だって気《き》まずいはず。

それは大樹《だいき》のことで、仁菜子《になこ》もよくわかっていた。

だからあんなふうにふつうにしてくれるのは、蓮《れん》のやさしさだってことを、仁菜子《になこ》は知《し》っている。


けれども。

仁菜子《になこ》をほうっておかなかったのは、拓海《たくみ》だけではなかった。

その日《ひ》の放課後《ほうかご》、仁菜子《になこ》はとつぜん、知《し》らない女《おんな》の子《こ》数人《すうにん》に、校舎《こうしゃ》の中庭《なかにわ》に呼《よ》びだされてしまった。

中庭《なかにわ》には、さらに数人《すうにん》の女子《じょし》が待《ま》ちかまえていた。中《なか》には上級生《じょうきゅうせい》もいるようだ。

「あの……」

とまどいながら声《こえ》をかけると、女《おんな》の子《こ》たちはニッと、イヤな感《かん》じの笑《わら》い方《かた》をした。

「あたしたち、みんな蓮《れん》くんにふられた仲間《なかま》なの」

ひとりの女《おんな》の子《こ》が、なれなれしく仁菜子《になこ》の肩《かた》を抱《だ》いてくる。

「いや、すごいよ！　駅《えき》で告白《こくはく》するなんて」

「だいたんー！　感動《かんどう》しちゃった」

なにがなんだかわからず、あいまいにうなずく仁菜子《になこ》の正面《しょうめん》に立《た》ち、上級生《じょうきゅうせい》っぽいロングヘアの女《おんな》の子《こ》が言《い》った。

「だからさぁ、木下《きのした》さんもムカツクでしょ？　一ノ瀬蓮《いちのせれん》」

「えっ？」

思《おも》ってもいないことを言《い》われて目《め》を見《み》ひらく仁菜子《になこ》の前《まえ》に、その隣《となり》の女《おんな》の子《こ》が、カバンからファッション雑誌《ざっし》を取《と》りだし、さしだした。

「知《し》ってる？　あいつ、モデルのマユカと付《つ》き合《あ》ってるんだよ」

雑誌《ざっし》の表紙《ひょうし》には、にっこりとほほえむ美少女《びしょうじょ》。

それは——今人気《いまにんき》急上昇中《きゅうじょうしょうちゅう》のモデル、マユカ。

「硬派《こうは》なフリして、ただのメンクイじゃん、ねー」

「一般人《いっぱんじん》の分際《ぶんざい》で俺《おれ》に告白《こくはく》すんな、とか、絶対思《ぜったいおも》ってるよねー！」

きゃあきゃあと、彼女《かのじょ》たちは笑《わら》う。

どうやらこの集《あつ》まりは、蓮《れん》にふられた腹《はら》いせに、彼《かれ》の悪口《わるくち》をみんなで言《い》いあうためのものらしい。

彼女《かのじょ》たちは、仁菜子《になこ》にもそのグループに入《はい》らないかとさそっているのだろう。

スカしてる、だの、調子《ちょうし》のってる、だの、好《す》き勝手《かって》に言《い》う彼女《かのじょ》たちに、仁菜子《になこ》はどんどん腹《はら》が立《た》ってきた。

「……おかしいよ！」

仁菜子《になこ》は彼女《かのじょ》たちをぐるりと見《み》まわして叫《さけ》んだ。

「なんで好《す》きになった人《ひと》のこと、そんなふうに言《い》えるの？」

「……ちょっと、なにひとりでいい子《こ》ぶってんの？」

キッ、と、女《おんな》の子《こ》たちが仁菜子《になこ》をにらむ。

負《ま》けじと仁菜子《になこ》もにらみかえした。

「私《わたし》のことは好《す》きに言《い》えばいいよ。でも蓮《れん》くんのことは悪《わる》く言《い》わないで」

「なんなの？　あんなやつかばって」

「ふられたのに彼女《かのじょ》きどり？」

バカじゃないの、と笑《わら》いくずれる彼女《かのじょ》たちに、仁菜子《になこ》は思《おも》わず叫《さけ》んだ。

「くだらない！　陰《かげ》でこんなこと言《い》うなんてくだらない！　くっだらない！」

そのとたん、涙《なみだ》があふれだす。

「はっ、泣《な》いてるよこの子《こ》、まじバッカみたい！」

女《おんな》の子《こ》たちはゲラゲラと笑《わら》いながら、仁菜子《になこ》を置《お》いて去《さ》っていった。

くやしい。

仁菜子《になこ》は、泣《な》きながらこぶしをにぎりしめる。

みんな蓮《れん》くんのなにを見《み》ていたんだろう。
どこを好《す》きになったんだろう。
(ただのメンクイ、とか――自分《じぶん》たちのことじゃん!)
中身《なかみ》を見《み》ていないのはどっちだ。
モデルのマユカと付《つ》き合《あ》ってる、なんて、そんなの知《し》ってる。
(だって、マユカは――大樹《だいき》のお姉《ねえ》さんだもん)
会《あ》ったことはないけど、大樹《だいき》のお姉《ねえ》さんなんだから、きっといい人《ひと》に決《き》まっている。
(蓮《れん》くんが好《す》きになった人《ひと》だもん)
なにも知《し》らないくせに。
「ううう……」
仁菜子《になこ》はただ、その場《ば》に立《た》ちつくして泣《な》いた。
「彼女《かのじょ》、おまえのことかばって泣《な》いてんだぞ」
二階《かい》の廊下《ろうか》を歩《ある》いていた蓮《れん》は、とつぜん安堂拓海《あんどうたくみ》にそう言《い》われ、足《あし》をとめた。

拓海《たくみ》が見《み》ていた窓《まど》の下《した》に目《め》をやると、仁菜子《になこ》がそこに立《た》ちつくしているのが見《み》えた。

肩《かた》をふるわせて泣《な》いている。

そこから、五、六人《にん》の女子《じょし》が笑《わら》いながらはなれていくところだった。

見覚《みおぼ》えのある顔《かお》ばかりだ。

だから、なにがあったのか、蓮《れん》にもすぐにわかった。

彼女《かのじょ》たちに自分《じぶん》がどう言《い》われているのかはうすうす知《し》っていたし、でもどうしようもないと思《おも》っていた。

拓海《たくみ》は一瞬《いっしゅん》蓮《れん》をにらみつけ、それからさっさと歩《ある》き去《さ》っていく。


仁菜子《になこ》はまだ泣《な》いていた。

赤《あか》の他人《たにん》のために。自分《じぶん》をふった男《おとこ》のために。

やがて仁菜子《になこ》は涙《なみだ》を袖《そで》で拭《ふ》くと、早足《はやあし》で中庭《なかにわ》を出《で》ていった。

蓮《れん》は、ただそのうしろ姿《すがた》を見送《みおく》ることしかできなかった。

4．苦《くる》しい気持《きも》ち

「ちょっと、ふたりとも歩《ある》くの速《はや》い！」

うしろで拓海《たくみ》が悲鳴《ひめい》をあげている。

「安堂《あんどう》くんは自分《じぶん》で立候補《りっこうほ》したんでしょ」

仁菜子《になこ》は足《あし》もとめずに言《い》った。隣《となり》を歩《ある》いていた蓮《れん》もうなずく。


ふられんぼ同盟《どうめい》にからまれた次《つぎ》の日《ひ》である。

偶然《ぐうぜん》は重《かさ》なる、というやつだろうか。

仁菜子《になこ》と蓮《れん》はそろって、今週行《こんしゅうおこな》われるクラス親睦会《しんぼくかい》の買《か》いだし係《がかり》に指名《しめい》されてしまった。

先生《せんせい》から、学校帰《がっこうがえ》りに買《か》い物《もの》にいってこいと言《い》われ、リストとお金《かね》を預《あず》かったふたりは、そのまま街《まち》へ出《で》てきたのだが、拓海《たくみ》がなぜかついてきたのだ。

「なのになんでまっさきにそんなこと言《い》うの、もう」

うるさい拓海《たくみ》のことは無視《むし》して、蓮《れん》と仁菜子《になこ》は買い物《もの》リストを見《み》なおす。

「あとなにがいるんだっけ」

「食《た》べ物《もの》はだいたい買《か》ったから……」

蓮《れん》の持《も》つリストをのぞきこむと、肩《かた》がふれあう。

胸《むね》がドキドキする。

『好《す》き』が、ひらりと積《つ》もる。

でもそれは、すぐに痛《いた》みに変《か》わる。

ふつうの友《とも》だち。ふたりの距離《きょり》は、これ以上近《いじょうちか》づくことはない。
でも――いいんだ。これでいい。

「あー、つかれた。楽《たの》しくねぇ～！　なぁ、どっかで休憩《きゅうけい》しない？」

「まだいくとこあるし……」

顔《かお》をしかめる仁菜子《になこ》と蓮《れん》に、拓海《たくみ》はおおげさにため息《いき》をついて、歩道《ほどう》のわきのベンチに座《すわ》りこんだ。

「のどかわいたよー、おなか空《す》いた〜！」

「……じゃあ、どっか入《はい》る？」

しかたなく、仁菜子《になこ》がそう言《い》ったときだった。

すうっ、と、水色《みずいろ》のかわいい車《くるま》が歩道《ほどう》に寄《よ》ってきて、クラクションを鳴《な》らした。

蓮《れん》ははっとした顔《かお》になって、そちらに走《はし》りよっていく。

車《くるま》のドアがあき、ロングヘアの美女《びじょ》がおりてきた。

「蓮《れん》！」

手《て》をふりながら、うれしそうに笑《わら》う。

蓮《れん》が彼女《かのじょ》の名前《なまえ》を呼《よ》んだ。

「麻由香《まゆか》……！」

そのロングヘアの美女《びじょ》は——モデルのマユカこと、是永麻由香《これながまゆか》だった。

「ごめんね、急《きゅう》にお邪魔《じゃま》しちゃって」

一緒《いっしょ》にカフェに入《はい》って、テラス席《せき》に座《すわ》った麻由香《まゆか》は、きさくな感《かん》じで仁菜子《になこ》と拓海《たくみ》に頭《あたま》をさげた。

「ぜんぜん！　美人《びじん》モデルさんなら大歓迎《だいかんげい》で～す！」

軽薄《けいはく》に言《い》う拓海《たくみ》に、麻由香《まゆか》は慣《な》れた様子《ようす》で笑《わら》いかける。

仁菜子《になこ》は、ドーナツをほおばりながら、そんな麻由香《まゆか》に思《おも》わず見《み》とれてしまった。

(この人《ひと》が大樹《だいき》のお姉《ねえ》さん……似《に》てない……すごい美人《びじん》。そしてすごいオーラ)

「あれ？　麻由香《まゆか》さん飲《の》み物《もの》だけ？」

拓海《たくみ》にたずねられ、麻由香《まゆか》は肩《かた》をすくめた。

「うん、最近体重増《さいきんたいじゅうふ》えちゃって」

「えー、ぜんぜんそんなことないのに！　モデルさんって大変《たいへん》っすね」

そう言《い》いながら、拓海《たくみ》は仁菜子《になこ》をニヤニヤしながら見《み》る。

「仁菜子《になこ》チャンはたくさん食《た》べる子《こ》なんだねー」

仁菜子《になこ》は思《おも》わず真《ま》っ赤《か》になった。仁菜子《になこ》のトレイにはドーナツが三《みっ》つ。男子《だんし》の拓海《たくみ》だってふたつしか注文《ちゅうもん》していないのに。

「でも、おいしそうにモリモリ食《た》べる人《ひと》ってかわいいよ！」

かばってくれたのは麻由香《まゆか》だった。

「仕事《しごと》してなかったら、私《わたし》も同《おな》じぐらい食《た》べちゃうもん」

（……やっぱり、いい人《ひと》だ……）

仁菜子《になこ》は、思《おも》わずほほえんだ。

と、麻由香《まゆか》が、テーブルの上《うえ》にだしていた仁菜子《になこ》のスマホに目《め》を留《と》めた。

「あ、それ！」

仁菜子《になこ》のスマホには、あのとき蓮《れん》がくれた蝶《ちょう》のイヤホンジャックがついたままだ。

「もしかして、蓮《れん》がイヤホンジャックこわしちゃった子《こ》って仁菜子《になこ》ちゃん？」

麻由香《まゆか》にたずねられ、蓮《れん》がうなずく。

「そっかー。仁菜子《になこ》ちゃんだったんだ」

麻由香《まゆか》は笑《わら》いながら、ちょっと秘密《ひみつ》を打《う》ち明《あ》けるように言《い》った。

「蓮《れん》、それ買《か》うとき結構《けっこう》迷《まよ》ったみたいで、渡《わた》す前《まえ》に『これ変《へん》じゃない?』って、私《わたし》にきいたりしてたんだよ。ね、蓮《れん》」

「いいって、あんま言《い》わなくて」

照《て》れくさいのか、そっぽをむいてしまった蓮《れん》に、麻由香《まゆか》はニコニコと笑《わら》い、それから仁《に》菜子《なこ》にもまた笑《わら》いかけた。

「やっぱりそれかわいいね」

「……はい」

仁菜子《になこ》は、またドーナツをほおばった。

でも、なんだか――胸《むね》が詰《つ》まって飲《の》みこめなかった。

結局《けっきょく》そのまま、麻由香《まゆか》は三人《にん》の買《か》いだしに付《つ》き合《あ》うと言《い》いだした。

「ねぇ、あとなに買《か》うの」

さっきまで仁菜子《になこ》がいた場所《ばしょ》に、今《いま》は麻由香《まゆか》がいた。

蓮《れん》の持《も》っているメモを、歩《ある》きながらのぞきこんでいる。

「あとは……適当《てきとう》にパーティグッズ……」

「あはっ、適当《てきとう》、って」

楽《たの》しそうに笑《わら》うふたりのうしろを、仁菜子《になこ》はついていく。

どうしても足《あし》が速《はや》く動《うご》かず、少《すこ》しずつふたりとの距離《きょり》がひらいていった。

やがて交差点《こうさてん》にさしかかり、蓮《れん》と麻由香《まゆか》はそのまま信号《しんごう》を渡《わた》り始《はじ》める。

「あ、待《ま》って仁菜子《になこ》チャン！　靴紐《くつひも》ほどけた」

いきなり拓海《たくみ》の声《こえ》がした。仁菜子《になこ》のさらにうしろをぶらぶら歩《ある》いていた拓海《たくみ》が、歩道《ほどう》にしゃがみこんで足元《あしもと》をいじっている。仁菜子《になこ》はびっくりして立《た》ちどまる。

もう蓮《れん》と麻由香《まゆか》は、横断歩道《おうだんほどう》のむこう側《がわ》にいた。

そんなことをしている間《あいだ》に信号《しんごう》が赤《あか》に変《か》わる。

道路《どうろ》のむこうで、蓮《れん》と麻由香《まゆか》が困《こま》ったようにこちらを見《み》ていた。

「よし」

もったいぶって立《た》ちあがった拓海《たくみ》の靴《くつ》を見《み》て、仁菜子《になこ》は眉《まゆ》を寄《よ》せた。

「安堂《あんどう》くんローファーじゃん！　どこに靴紐《くつひも》が！」

だが、拓海《たくみ》は仁菜子《になこ》を見《み》て、にっと笑《わら》う。

「逃《に》げようか」

「えっ？」

なにがなんだかわからない仁菜子《になこ》の腕《うで》をいきなりつかむと、拓海《たくみ》は車《くるま》のいきかう道路《どうろ》のむこう側《がわ》へむかって声《こえ》を張《は》りあげる。

「蓮《れん》！　あとの買《か》い物《もの》、たのんだからな！」

「ちょ、ちょっと、安堂《あんどう》くん、安堂《あんどう》くん！」

抵抗《ていこう》する仁菜子《になこ》をひきずるようにして、拓海《たくみ》は走《はし》りだした。

「おい！　安堂《あんどう》！」

おどろいたような蓮《れん》の声《こえ》は車《くるま》の音《おと》にかき消《け》される。

腕《うで》をつかまれたままふりかえった仁菜子《になこ》の目《め》に、立《た》ちつくす蓮《れん》と麻由香《まゆか》が小《ちい》さくなっていった。

「ちょ、安堂《あんどう》くん、ストップ、ストップ！」

繁華街《はんかがい》をあとに、住宅街《じゅうたくがい》を抜《ぬ》けて、ずっと走《はし》りつづけている拓海《たくみ》に、ついに仁菜子《になこ》は悲《ひ》鳴《めい》をあげた。

「もう走《はし》れないよっ」

「わりぃわりぃ」

少《すこ》しも悪《わる》いと思《おも》っていない様子《ようす》だったが、拓海《たくみ》はやっと走《はし》るのをやめた。そして、すぐ近《ちか》くにあった小《ちい》さな児童公園《じどうこうえん》に入《はい》っていく。

ベンチに仁菜子《になこ》が座《すわ》ると、拓海《たくみ》は少《すこ》しはなれたところの大《おお》きな木《き》の根元《ねもと》に腰《こし》をおろした。

「……まだ買《か》いだし、途中《とちゅう》、だったのに」

肩《かた》で息《いき》をしながら文句《もんく》を言《い》う仁菜子《になこ》に、拓海《たくみ》は笑《わら》った。

「だって、仁菜子《になこ》チャンがあんな顔《かお》してんの、見《み》てらんないよ」

「……」

どうやら、隠《かく》したつもりが全部《ぜんぶ》顔《かお》に出《で》ていたらしい。

仁菜子《になこ》と拓海《たくみ》は、しばらくの間《あいだ》、息《いき》を整《ととの》えながらだまっていた。

「……きっと、麻由香《まゆか》さんは知《し》らないんだね、私《わたし》が告白《こくはく》したこと」

やがて仁菜子《になこ》は、空《そら》を見《み》あげながら言《い》った。

「私《わたし》がどれだけ蓮《れん》くんを好《す》きでも、ふたりにはどうってことないんだよね」

へへっ、と笑《わら》ってみたが、やっぱり悲《かな》しくて、うつむいてしまう。

「ふつうにしてくれって、仁菜子《になこ》チャンがたのんだんでしょ？」

拓海《たくみ》がツッコんでくる。仁菜子《になこ》はちょっとふくれた。

「まあ……そうだけど」

へっ、と、今度《こんど》は拓海《たくみ》が笑《わら》った。

「昨日《きのう》もさー、アイツのせいでいじめられて、それなのにかばったりして」

「……見《み》てたの」

拓海《たくみ》は肩《かた》をすくめる。

「つらい恋《こい》とか、マジ意味《いみ》わかんねぇ」

「……そうだよね」

仁菜子《になこ》も笑《わら》った。

拓海《たくみ》の強引《ごういん》なやり方《かた》に、今《いま》はあまり腹《はら》が立《た》たなかった。

「……半分《はんぶん》だけ、ありがとう」

「？」

首《くび》をかしげる拓海《たくみ》に、仁菜子《になこ》はつづけた。

「安堂《あんどう》くんの言《い》うとおり、ふたりのこと見《み》てるのつらかった。でも買《か》いだし押《お》しつけていいわけじゃないしね」

ベンチから立《た》ちあがり、拓海《たくみ》に笑《わら》いかける。

「だから、半分《はんぶん》だけね。つれだしてくれて、ありがと」

そう言《い》うと、拓海《たくみ》もやさしい顔《かお》でうなずいた。


その、次《つぎ》の日《ひ》の放課後《ほうかご》。

「待《ま》って、のります！　のります！　あっ」

学校《がっこう》のある光陽台駅《こうようだいえき》のホームの階段《かいだん》をかけおりてきた仁菜子《になこ》は、最後《さいご》の一段《だん》をふみはずして見事《みごと》に転《ころ》んだ。

「いたた……」

よろめいて起《お》きあがったその目《め》の前《まえ》で、無情《むじょう》にも電車《でんしゃ》のドアは、ブシュー、とマヌケな音《おと》を立《た》ててしまってしまう。

「あー……」

がっくり、と肩《かた》を落《お》とす仁菜子《になこ》の前《まえ》を、電車《でんしゃ》がゆっくりと発車《はっしゃ》していった。

「……だいじょうぶ？」

うしろから声《こえ》をかけられ、びっくりしてふりかえると——蓮《れん》が立《た》っていた。

とっさになにを言《い》っていいかわからず、ついあやまってしまう。

「……昨日《きのう》は、ごめんね」

「……なに？」

「買《か》いだし。先《さき》に帰《かえ》っちゃって……」

「ああ……」

蓮《れん》は笑《わら》いながらホームのベンチに歩《あゆ》みよった。そこに腰《こし》をおろしてから、仁《に》菜《な》子《こ》にも手《て》まねきする。

「どうせ、安堂《あんどう》の仕業《しわざ》でしょ。あいつ悪《わる》いやつじゃないんだけど」

「うん」

ベンチにならんで腰《こし》かけると、あの、告白《こくはく》した日《ひ》と同《おな》じように、西日《にしび》がホームを照《て》らしていた。

「もしあいつのことでなにかあったら、俺《おれ》に言《い》って」

「ありがと……」

蓮《れん》の言葉《ことば》がうれしいのと、昨日《きのう》の拓海《たくみ》の気《き》づかいを思《おも》いだして、仁《に》菜《な》子《こ》は複雑《ふくざつ》な気持《きも》ちになる。

うまく言葉《ことば》がつづけられない。

「そうだ！　チョコ食《た》べる？」

カバンからチョコレート菓子《がし》の箱《はこ》を取《と》りだして、蓮《れん》の前《まえ》につきだした。

蓮《れん》は笑《わら》って一粒《ひとつぶ》取《と》りだし、口《くち》に入《い》れる。

「ありがとう」

おいしそうに目《め》を細《ほそ》めてチョコレートをかみしめている蓮《れん》の横顔《よこがお》に、仁菜子《になこ》はちょっと見《み》とれてしまった。

「……なに？」

視線《しせん》に気《き》づいたのか、蓮《れん》が首《くび》をかしげる。

「……甘《あま》いもの食《た》べてる男《おとこ》の人《ひと》っていいなぁって思《おも》って」

「なにそれ」

「カフェデートとかするのあこがれなんだ。べつべつのケーキセットたのんで、半分《はんぶん》ずつ食《た》べたりするの」

それは、まだ蓮《れん》に告白《こくはく》する前《まえ》に、ちょっとだけ夢見《ゆめみ》たこと。

「でも、半分《はんぶん》ずつ、とか言《い》いながら、結局私《けっきょくわたし》のほうがたくさん食《た》べちゃって。彼《かれ》はあきれるんだけど、しょうがないなって分《わ》けてくれたりするんだ～」

うっとりと言《い》ってから、仁菜子《になこ》は、蓮《れん》がだまって遠《とお》くのほうに視線《しせん》を泳《およ》がせていることに気《き》づいた。

「あ、ごめん！　ひいちゃった？」

「いや、楽《たの》しそうだなと思《おも》って」

フフッ、と笑《わら》う。

「俺《おれ》、麻由香《まゆか》の前《まえ》では甘《あま》いもの食《た》べないようにしてるからさ」

「え、そうなの？」

「うん。麻由香《まゆか》、仕事柄《しごとがら》そういうのひかえてるからね」

そういえば昨日《きのう》も、カフェでドリンクしかたのんでいなかった。

「だからきっと、俺《おれ》も甘《あま》いもの苦手《にがて》だって思《おも》いこんでる」

「そっか……」

蓮《れん》は、彼女《かのじょ》に気《き》をつかって、最初《さいしょ》から甘《あま》いものが嫌《きら》いなふりをしているらしい。

「やさしいんだね」

「え？」

蓮《れん》は意外《いがい》そうに聞《き》きかえしたあと、またチョコレートの箱《はこ》に手《て》を伸《の》ばしてきた。

「もう一個《いっこ》ちょうだい」

「うん……っていうか、全部《ぜんぶ》あげる！」

仁菜子《になこ》が箱《はこ》ごとさしだすと、蓮《れん》はおどろいたように目《め》を見《み》ひらき、それからにっこりとうれしそうに笑《わら》った。

5. 限界《げんかい》

光陽台高校《こうようだいこうこう》の体育館《たいいくかん》に、歓声《かんせい》がひびいていた。

コートでは、汗《あせ》を飛《と》びちらせながら男子《だんし》たちがバスケットボールを奪《うば》いあっている。

今日《きょう》は六月恒例《がっこうれい》の球技大会《きゅうぎたいかい》。

二年《ねん》四組《くみ》のバスケチームには蓮《れん》が入《はい》っているので、女《おんな》の子《こ》たちの黄色《きいろ》い声《こえ》が飛《と》びかっていた。

もちろん仁菜子《になこ》も、コートを見《み》おろす二階《かい》の通路《つうろ》から、クラスメートたちに混《ま》じって、じっと蓮《れん》のプレイを見《み》つめている。

(はー、蓮《れん》くんかっこいい……なんでもできるんだなぁ……)

四組《くみ》チームにボールが渡《わた》り、鮮《あざ》やかにゴールが決《き》まった。ホイッスルと拍手《はくしゅ》がひびく。

「仁菜子《になこ》ちゃーん！　見《み》てくれたー？」

手《て》をふっているのは拓海《たくみ》だった。シュートしたのは彼《かれ》だったらしい。

(ごめん、ぜんぜん気《き》づいてなかった)

心《こころ》の中《なか》であやまりながら、仁菜子《になこ》が笑《わら》いかけたとき。

「いやぁ、まいったよ」

すぐそばから大樹《だいき》の声《こえ》がした。

「え、お父《とう》さんが再婚《さいこん》?」

最近《さいきん》大樹《だいき》と仲《なか》がいいさゆりが、おどろいたように返事《へんじ》をしている。

「昨日《きのう》、急《きゅう》に聞《き》かされてさぁ……」

大樹《だいき》は、ため息《いき》をついていた。仁菜子《になこ》は耳《みみ》をそばだてる。

「大樹《だいき》はだいじょうぶなの?」

さゆりにきかれ、大樹《だいき》は少《すこ》し困《こま》ったように答《こた》える。

「親父《おやじ》がそうしたいんなら祝福《しゅくふく》するよ、俺《おれ》はね。けど、姉《ねえ》ちゃんがなぁ……」

大樹《だいき》のお姉《ねえ》さん。それはもちろん、あの麻由香《まゆか》だ。

「姉《ねえ》ちゃん、いつかまた家族《かぞく》四人《よにん》で暮《く》らせる日《ひ》がくるって信《しん》じてたからさぁ……」

ふぅ、と、大樹《だいき》はまたため息《いき》をつく。
仁菜子《になこ》は、バスケットコートをかけまわる蓮《れん》を見《み》おろした。
(大樹《だいき》のお父《とう》さんが再婚《さいこん》……)
中学時代《ちゅうがくじだい》に彼《かれ》の両親《りょうしん》が離婚《りこん》したとき、大樹《だいき》はひどく落《お》ちこんでいた。
(そういえば――あのときも……)
大樹《だいき》は、自分《じぶん》よりもっとお姉《ねえ》さんがつらそうだって言《い》ってたっけ。
(蓮《れん》くんは――知《し》ってるのかな)
知《し》ってるだろうな。だって恋人《こいびと》なんだから。
きっと、なぐさめてあげてるんだろうな。
だって、やさしい人《ひと》だもん。
当《あ》たり前《まえ》だけど――やっぱり少《すこ》し、胸《むね》が痛《いた》んだ。
それからしばらくして、クラスの中《なか》で、蓮《れん》がバイトを始《はじ》めたとウワサになった。
今日《きょう》も、終業《しゅうぎょう》のチャイムと同時《どうじ》に、まっすぐに教室《きょうしつ》を出《で》ていく。

「なんかこのごろ、よくいねむりしてるよね」

「起《お》きてるときも、しょっちゅうあくびしてる」

仁菜子《になこ》がさゆりたちと、ひそひそと話《はなし》をしていると、大樹《だいき》が心配《しんぱい》そうに言《い》った。

「あいつバイトのあと、毎日《まいにち》のように姉《ねえ》ちゃんに会《あ》いにきてるんだ」

「そうなの？」

やっぱり、麻由香《まゆか》はとても落《お》ちこんでいるらしい。

「気晴《きば》らしに一緒《いっしょ》に旅行《りょこう》にでもいこうって約束《やくそく》したんだって。バイトもそのためなんだろうな――……」

大樹《だいき》は、そう言《い》いながら頭《あたま》をかいた。

「なんかさ……男《おとこ》って、頼《たよ》られるとがんばっちゃうんだろうな。でもあの様子《ようす》じゃ正直《しょうじき》いつ寝《ね》てるんだろうって思《おも》うよ。姉《ねえ》ちゃんのことは感謝《かんしゃ》してるけど――」

その大樹《だいき》の声《こえ》を聞《き》きながら。

仁菜子《になこ》は、蓮《れん》が終業《しゅうぎょう》のチャイムと同時《どうじ》に出《で》ていった教室《きょうしつ》の扉《とびら》を、いつまでもずっと見《み》つめていた。

「仁菜子《になこ》チャン……仁菜子《になこ》チャン」

拓海《たくみ》に声《こえ》をかけられ、はっと仁菜子《になこ》は我《われ》にかえった。

「なに？」

「手《て》を動《うご》かしてくださーい。授業始《じゅぎょうはじ》まっちゃうんでー」

拓海《たくみ》がおどけて言《い》う。

ふたりは今日日直《きょうにっちょく》で、次《つぎ》の授業《じゅぎょう》で使《つか》う資料《しりょう》を図書室《としょしつ》でさがしているところだった。

風通《かぜとお》しの悪《わる》い図書室《としょしつ》には、休《やす》み時間《じかん》なのにだれもおらず、古《ふる》い本《ほん》の独特《どくとく》のにおいだけがこもっている。

「ごめん……」

あわてて作業《さぎょう》にもどった仁菜子《になこ》に、拓海《たくみ》が何気《なにげ》なさそうに言《い》った。

「そろそろ限界《げんかい》なんじゃないの？」

「……え？」

意味《いみ》がわからず聞《き》きかえすと、拓海《たくみ》はにやりと笑《わら》った。

「蓮《れん》のこと」

「いいの、べつに」

仁菜子《になこ》はそっぽをむく。

「私《わたし》が勝手《かって》に好《す》きなだけで、蓮《れん》くんの友《とも》だちでいられればそれでいい……」

「すっごいきれいごと」

拓海《たくみ》は鼻《はな》で笑《わら》うと、ゆっくりと仁菜子《になこ》に歩《あゆ》みよってきた。

「知《し》ってる？　人《ひと》って、結構欲《けっこうよく》ばりなんだよ？　ほんとうに好《す》きなら先《さき》を望《のぞ》んで当然《とうぜん》――でも」

仁菜子《になこ》の体《からだ》をかこむように、本棚《ほんだな》に両手《りょうて》をかける。

身《み》をすくめる仁菜子《になこ》に、拓海《たくみ》はさらに顔《かお》を近《ちか》づけてささやいた。

「でも――蓮《れん》には彼女《かのじょ》がいる。どんなに近《ちか》づいたって、蓮《れん》と仁菜子《になこ》チャンは交《まじ》わることなんてないってこと」

冷《つめ》たい言葉《ことば》を、やさしそうな声《こえ》にのせて、彼《かれ》はつづける。

「見《み》かえりも求《もと》めず、ただ想《おも》うだけでいいって気持《きも》ちは、そのうち限界《げんかい》がくんだよ？」

「……私《わたし》の限界《げんかい》を決《き》めるのは、安堂《あんどう》くんじゃない」

仁菜子《になこ》は拓海《たくみ》をにらみつけ、彼《かれ》の手《て》をふりほどくと、図書室《としょしつ》からかけだしていった。

（そんなことない。だって、私《わたし》はもう決《き》めたもん——見《み》つめてるだけでいいって、そう決《き》めたんだから）

けれども。

拓海《たくみ》の言《い》う「限界《げんかい》」は、やっぱりすぐそこに近《ちか》づいているのかもしれなかった。


その、同《おな》じ日《ひ》の帰《かえ》り道《みち》。

いつものように駅《えき》の改札《かいさつ》を入《はい》ろうとして、仁菜子《になこ》は、自分《じぶん》の少《すこ》し前《まえ》を蓮《れん》が歩《ある》いているのに気《き》づいた。

蓮《れん》は、自動改札《じどうかいさつ》に定期《ていき》をかざすと、早足《はやあし》でホームへむかっていく。

だが、その途中《とちゅう》で、彼《かれ》はとつぜんふらっとよろめいたかと思《おも》うと、そのままそこにしゃがみこんでしまった。

「……だいじょうぶですか？」

まわりにいた人《ひと》たちがあわてて助《たす》け起《お》こそうとしている。

駅員《えきいん》が飛《と》んできて、あたりを見《み》まわした。

「光陽台《こうようだい》の生徒《せいと》だね。だれかこの子《こ》の知《し》り合《あ》いは――」

「はい！」

仁菜子《になこ》は、思《おも》わず手《て》をあげながらかけよっていった。

駅長室《えきちょうしつ》の仮眠《かみん》ベッドに寝《ね》かされた蓮《れん》を、仁菜子《になこ》はじっと見《み》つめた。

少《すこ》し熱《ねつ》があるようだった。

彼《かれ》はなかなか目《め》を覚《さ》まさない。

(やっぱり、麻由香《まゆか》さんのために無理《むり》をしてるんだ……)

仁菜子《になこ》は蓮《れん》の額《ひたい》に載《の》せたぬれタオルを、ときどき取《と》りかえながら、窓《まど》の外《そと》を見《み》つめる。

(そういえば、今日《きょう》の蓮《れん》くん、少《すこ》し様子《ようす》がおかしかったな……)

眠《ねむ》そうなのはここのところずっとだったけれど、今日《きょう》は特《とく》にぼうっとしているように見《み》えた。

(熱《ねつ》があったんだ——……)

夏《なつ》の長《なが》い日《ひ》も落《お》ちて、夕暮《ゆうぐ》れがせまってきていた。

照《て》りつける日差《ひざ》しに声《こえ》をひそめていた蝉《せみ》たちが、またやかましく鳴《な》き始《はじ》めている。

その声《こえ》のせいか——蓮《れん》が、ようやく身《み》じろぎをした。

「……木下《きのした》さん?」

「蓮《れん》くん……具合《ぐあい》、どう?」

「俺《おれ》……どうしたの、ここは?」

「駅《えき》で倒《たお》れたんだよ。ここ駅長室《えきちょうしつ》」

「……そうか。ずっとついててくれたの？」

「心配《しんぱい》だったから」

起《お》きあがろうとする蓮《れん》に手《て》を貸《か》しながら、仁菜子《になこ》は照《て》れくさそうに言《い》った。

「具合悪《ぐあいわる》いなら、もっと早《はや》くだれかに言《い》えばよかったのに」

「言《い》ってしんどいのがなくなるわけじゃないから――」

「えー、実際体《じっさいからだ》がしんどいのに、それを口《くち》にするのまでガマンするなんて、二重《にじゅう》にしんどいじゃん」

仁菜子《になこ》の言葉《ことば》に、なぜか、蓮《れん》は少《すこ》しはっとした顔《かお》になった。

「……ありがとう……」

蓮《れん》は、そう言《い》ってから、重《おも》いため息《いき》をひとつついた。

「なにやってんだろう、俺《おれ》……」

「……大樹《だいき》から聞《き》いたよ。麻由香《まゆか》さんのこと」

そう仁菜子《になこ》が言《い》うと、蓮《れん》は情《なさ》けなさそうに笑《わら》った。

「麻由香《まゆか》の親《おや》が離婚《りこん》したとき――俺《おれ》はずっとそばにいるって約束《やくそく》したんだ。変《か》わらないものもあるって証明《しょうめい》したかった」

「うん……」

「今《いま》も――落《お》ちこんでる麻由香《まゆか》を、支《ささ》えてやりたいって……なのに、こんなの、かっこう悪《わる》いよね」

「……いいんだよ、たまには。がんばらなくても」

仁菜子《になこ》は明《あか》るく言《い》った。でも、すぐに恥《は》ずかしくなった。

「あっ、今《いま》のちょっとえらそうだったね！　ごめん、なにか飲《の》み物《もの》買《か》ってくる」

そう言《い》って、ばたばたと部屋《へや》を飛《と》びだしていく。

そのうしろ姿《すがた》を、蓮《れん》は、なにかまぶしいものを見《み》るような目《め》で見送《みおく》っていた。


ふたりが駅長室《えきちょうしつ》を出《で》たとき、もう外《そと》は真《ま》っ暗《くら》だった。

いつもよりずいぶん遅《おそ》い電車《でんしゃ》にのりこみ、ふたりは肩《かた》をならべて座《すわ》った。

つかれたのか、仁菜子《になこ》がうとうとし始《はじ》めて、蓮《れん》の肩《かた》に寄《よ》りかかってくる。

それを見《み》つめながら、蓮《れん》はほほえんだ。

『新咲田《しんさくた》、新咲田《しんさくた》、お出口《でぐち》は左側《ひだりがわ》です』

蓮《れん》のおりる駅《えき》についても――仁菜子《になこ》を起《お》こしたくなくて。

蓮《れん》は、そのままだまって目《め》をとじた。


『次《つぎ》は、虹《にじ》の台《だい》、虹《にじ》の台《だい》です』

そのアナウンスで、仁菜子《になこ》ははっと目《め》を覚《さ》ました。

虹《にじ》の台《だい》は仁菜子《になこ》のおりる駅《えき》だ。

「ご、ごめん、寄《よ》っかかってた」

隣《となり》に蓮《れん》がいることにおどろき、それからあわてる。

「蓮《れん》くんのおりる駅過《えきす》ぎちゃって……私《わたし》が寝《ね》ちゃったせいで、蓮《れん》くん熱《ねつ》あるのに」

「もうだいぶさがったし、それに俺《おれ》も寝《ね》てたから」

「うそ。気《き》をつかって起《お》こすに起《お》こせなかったんでしょ？　……ごめんね」

なにをやってるんだろう、具合《ぐあい》の悪《わる》い蓮《れん》に、また無理《むり》をさせるなんて。

落《お》ちこむ仁菜子《になこ》に、蓮《れん》はやさしくほほえんだ。

「ほんとうに俺《おれ》も寝《ね》てた。だからあやまんないで……」

ふわりと、あたたかい空《くう》気《き》がゆれた。

うまく言《こと》葉《ば》が見《み》つからないまま、電《でん》車《しゃ》は虹《にじ》の台《だい》のホームへすべりこんでいく。

無《む》言《ごん》でふたりは電《でん》車《しゃ》をおりる。

階《かい》段《だん》をあがって、改《かい》札《さつ》の前《まえ》までやってきた。

「じゃあここで」

そう言《い》う蓮《れん》に、仁《に》菜《な》子《こ》は首《くび》を横《よこ》にふる。

「ホームでお見《み》送《おく》りするよ」

「だめ。今日《きょう》はいつもより遅《おそ》いんだから、危《あぶ》ないし」

そう言《い》って、蓮《れん》はむかいのホームへの階《かい》段《だん》をおりていく。

そのうしろ姿《すがた》を見《み》ていると――また、胸《むね》がいっぱいになって。

いつのまにか仁《に》菜《な》子《こ》は、後《あと》を追《お》いかけてしまっていた。

「蓮《れん》くん！　やっぱり見《み》送《おく》るよ！」

そう言《い》いながら階《かい》段《だん》をかけおりる。蓮《れん》がおどろいてふりかえる。

「――あっ」

足《あし》がすべった。傾《かたむ》いた体《からだ》を、とっさに蓮《れん》が支《ささ》えてくれた。

「ご、ごめん……なさい」

前《まえ》も階段《かいだん》で転《ころ》んだところを見《み》られたな、と恥《は》ずかしくなって、仁菜子《になこ》は照《て》れ笑《わら》いをしながら蓮《れん》からはなれようとした。

でも――そのとき。

ぎゅっ、と、蓮《れん》の腕《うで》に力《ちから》が入《はい》って。

(――……!)

抱《だ》きしめられた、と思《おも》った。

だが、それはほんの一瞬《いっしゅん》で。

やっぱり、そっと押《お》しはなされてしまう。

そっと目《め》をあげると、蓮《れん》も、ひどくおどろいたような顔《かお》をしていた。

まるで、まちがったことをしてしまったような――そんな顔《かお》。

「今日《きょう》は、ホントに遅《おそ》いから――もう帰《かえ》りな」

仁菜子《になこ》から目《め》をそらし、蓮《れん》は、階段《かいだん》をかけおりて、ちょうどホームに入《はい》ってきた電車《でんしゃ》にのりこんでいく。

音《おと》を立《た》ててドアがしまり、電車《でんしゃ》が走《はし》りだす。

蓮《れん》の手《て》がふれた場所《ばしょ》が今《いま》も熱《あつ》かった。

階段《かいだん》の途中《とちゅう》で立《た》ちつくす仁菜子《になこ》の頭《あたま》の中《なか》に、今日《きょう》の昼間《ひるま》に拓海《たくみ》に言《い》われた言葉《ことば》がくっきりとよみがえる。

『人《ひと》って、結構欲《けっこうよく》ばりなんだよ』

ちがう。そんなんじゃない。

『でも——蓮《れん》には彼女《かのじょ》がいる』

「**わかってるよ！**」

思《おも》わず叫《さけ》んだ仁菜子《になこ》の声《こえ》は、もうだれもいなくなったホームの暗《くら》がりに消《き》えた。

その日《ひ》、仁菜子《になこ》は家《いえ》に帰《かえ》ってから、ずっとスマホにつけていたあのイヤホンジャックを外《はず》して——棚《たな》の奥《おく》の小箱《こばこ》にしまいこんだ。

むくわれなくてもいいと思《おも》っていたはずだった。
『見《み》かえりも求《もと》めず、ただ想《おも》うだけでいいって気持《きも》ちは、そのうち限界《げんかい》がくんだよ』
そんなことない。
だって自分《じぶん》でそう決《き》めたんだから。
『ほんとうに好《す》きなら先《さき》を望《のぞ》んで当然《とうぜん》』
そんなことない。
もっとちゃんととじこめなくちゃ。
どんなに『好《す》き』が積《つ》もっても。
うっかり『その先《さき》』を望《のぞ》んでしまわないように。

6. 花火大会《はなびたいかい》

「こないだは、ごめん」

日直日誌《にっちょくにっし》を書《か》いている仁菜子《になこ》に、黒板《こくばん》を拭《ふ》いていた拓海《たくみ》が、急《きゅう》にぺこりと頭《あたま》をさげた。

またふたりが一緒《いっしょ》に日直《にっちょく》になった、一学期《がっき》の終《お》わりの放課後《ほうかご》だ。

「仁菜子《になこ》チャンの気持《きも》ちも考《かんが》えず、言《い》いすぎた。ごめん」

そう言《い》って、教室《きょうしつ》を出《で》ていこうとする拓海《たくみ》に、仁菜子《になこ》は言《い》った。

「許《ゆる》す」

おどろいてふりかえった彼《かれ》に、仁菜子《になこ》は笑《わら》いかけた。

「私《わたし》のこと思《おも》って言《い》ってくれたんでしょ？　ありがとう」

拓海《たくみ》は、しばらくためらうように立《た》ちつくしていたが、やがて、思《おも》いきったように口《くち》をひらいた。

「俺《おれ》も、つらい恋《こい》、したことあるからさ」

「えーっ、安堂《あんどう》くんが？」

思《おも》わず茶化《ちゃか》すように言《い》ってしまった仁菜子《になこ》に、拓海《たくみ》は真顔《まがお》でつづけた。

「中学《ちゅうがく》ンとき付《つ》き合《あ》った子《こ》なんだけどさ──彼女《かのじょ》がホントに好《す》きだったやつは俺《おれ》の親友《しんゆう》で、そいつに近《ちか》づくために、仲《なか》のよかった俺《おれ》を利用《りよう》したんだ」

その、思《おも》ったよりずっと深刻《しんこく》な内容《ないよう》に、仁菜子《になこ》はちょっと言葉《ことば》を失《うしな》った。

拓海《たくみ》は窓《まど》の外《そと》に視線《しせん》をやりながら、ふっ、と笑《わら》う。

「彼女《かのじょ》は最初《さいしょ》から最後《さいご》まで、俺《おれ》のことなんか見《み》てなかった。で、ある日《ひ》、俺《おれ》は見《み》ちゃったんだ」

「……………」

なにを、とはきけず、だまったままの仁菜子《になこ》に、拓海《たくみ》は肩《かた》をすくめる。

「彼女《かのじょ》と、俺《おれ》の親友《しんゆう》が、教室《きょうしつ》でキスしてるところ」

「……………」

「──で、それからは、適当《てきとう》にしか女《おんな》の子《こ》と付《つ》き合《あ》えなくなった、ってわけ」

言《い》いながら、彼《かれ》は仁菜子《になこ》の座《すわ》っている机《つくえ》のところまでもどってきた。

ひとつ前《まえ》の席《せき》の椅子《いす》にうしろむきに座《すわ》って、仁菜子《になこ》の顔《かお》をのぞきこむ。

「でも、だからこそ、今《いま》の恋《こい》はがんばるって決《き》めたんだ」

「……安堂《あんどう》くん、恋《こい》してるの？」

きょとん、としてききかえす仁菜子《になこ》に、拓海《たくみ》は答《こた》えずにっと笑《わら》う。

「ところで仁菜子《になこ》チャン、今度《こんど》の花火大会《はなびたいかい》どうすんの？」

「え？　あー、さゆちゃんは中学《ちゅうがく》のときの友《とも》だちと約束《やくそく》してるみたいだし、私《わたし》はつかさといく予定《よてい》」

急《きゅう》に話《はなし》が飛《と》んで面食《めんく》らう。だが、拓海《たくみ》はじっーと顔《かお》を寄《よ》せてくる。

「じゃあ、俺《おれ》も一緒《いっしょ》に混《ま》ぜてよ」

「私《わたし》はいいけど、つかさにもきいてみないと……」

だが、拓海《たくみ》は、決《き》まり！　と言《い》いながら立《た》ちあがった。

「じゃあ、七時《じ》に東咲田《ひがしさくた》の『SEASON《シーズン》』集合《しゅうごう》ね！」

そう言《い》うと、仁菜子《になこ》の返事《へんじ》も待《ま》たずに、教室《きょうしつ》を出《で》ていってしまった。

「あのね、花火大会《はなびたいかい》、仕事《しごと》でいけなくなったって言《い》ったらおこる？」

まだうす暗《ぐら》い砂浜《すなはま》を歩《ある》きながら、麻由香《まゆか》が言《い》う。

海《うみ》から昇《のぼ》る日《ひ》の出《で》が見《み》たいと急《きゅう》に呼《よ》びだされ、蓮《れん》は麻由香《まゆか》の車《くるま》で明《あ》け方《がた》の海《うみ》にきていた。

砂浜《すなはま》にはふたり以外《いがい》にだれもおらず、ただ波《なみ》の音《おと》だけがしている。

「……仕事《しごと》ならしょうがないよ」

「ありがと」

麻由香《まゆか》は、少《すこ》しずつ明《あか》るくなってくる水平線《すいへいせん》を見《み》つめながら言《い》う。

「エッジ・オブ・ザ・ワールドっていう、今《いま》すごく人気《にんき》のファッションブランドのパーティに招待《しょうたい》されたの。うちのマネージャーもね、絶対《ぜったい》いったほうがいいって。今後《こんご》の仕事《しごと》につながるからって」

その、希望《きぼう》に満《み》ちたような麻由香《まゆか》の横顔《よこがお》から、蓮《れん》は目《め》をそらした。

風《かぜ》を吸《す》いこんで、香《かお》りをかいだ。

「なに？　なにかにおう？」

「……風《かぜ》が、夏《なつ》のにおいに変《か》わってきたなって……」

「そう？」

麻《ま》由《ゆ》香《か》も息《いき》を吸《す》いこんだが、やがて笑《わら》いだした。

「海《うみ》のにおいしかしないよ。蓮《れん》ってときどき犬《いぬ》みたいだよね」

ふ、と、蓮《れん》は笑《わら》った。


蓮《れん》は、風《かぜ》のにおいをかぐのが好《す》きだった。

季《き》節《せつ》の香《かお》りや、その場《ば》所《しょ》独《どく》特《とく》のにおいを感《かん》じるのが好《す》きだった。

でも――そういえばいつも、麻《ま》由《ゆ》香《か》にはそれを笑《わら》われていたな、と思《おも》いだす。

今《いま》までそのことを気《き》にしたことなんかなかったのに。

どうして――今《いま》、こんなに心《こころ》が寒《さむ》いのだろう。

どうして、すぐ隣《となり》にいるはずの麻《ま》由《ゆ》香《か》が、とても遠《とお》く感《かん》じるのだろう。

足《あし》をとめた蓮《れん》に、麻由香《まゆか》が、ぎゅっとうしろから抱《だ》きついてきた。

「どうしたの」

蓮《れん》がたずねると、麻由香《まゆか》は小《ちい》さく首《くび》を横《よこ》にふる。

「ううん――なんでもない」

「……そう」

ごめんね、と、麻由香《まゆか》がかすかにつぶやくのが聞《き》こえた。

それは――なにに対《たい》する言葉《ことば》なのか。

蓮《れん》にはわからない。

蓮《れん》は、うん、とあいまいにうなずいたまま、水平線《すいへいせん》を見《み》つめた。

「きれいだね」

手《て》と手《て》をつなぎあって、朝焼《あさや》けの空《そら》を眺《なが》めた。

あの海《うみ》の果《は》て、雲《くも》のむこうから、もうすぐ朝日《あさひ》が昇《のぼ》り、新《あたら》しい一日《いちにち》が始《はじ》まる。

明《あ》け方《がた》の風《かぜ》のせいだろうか、麻由香《まゆか》の手《て》は冷《つめ》たかった。

蓮《れん》は思《おも》いだそうとする。

花火大会《はなびたいかい》に一緒《いっしょ》にいく約束《やくそく》をしたのはいつだっただろう。

あれはたしか、麻由香《まゆか》から言《い》いだしたことだったはずだ。

一緒《いっしょ》に旅行《りょこう》しようという約束《やくそく》も――もう叶《かな》うことはないような気《き》がした。


花火大会《はなびたいかい》のもより駅《えき》「東咲田《ひがしさくた》」は、光陽台《こうようだい》と同《おな》じ沿線《えんせん》にある。

その夜《よる》、麻由香《まゆか》との約束《やくそく》がなくなった蓮《れん》は、その東咲田駅《ひがしさくたえき》の大通《おおどお》り沿《ぞ》いにあるカフェにいた。

といっても、だれかと花火《はなび》を見《み》にきたのではなく、ここが蓮《れん》のバイト先《さき》なのだ。

もうすぐ七時《じ》。そろそろ外《そと》もうす暗《ぐら》くなり、花火《はなび》が見《み》える河川敷《かせんしき》へむかう人々《ひとびと》が大勢《おおぜい》歩《ある》いていくのが見《み》える。

ウエイターの制服《せいふく》を着《き》て、テーブルを拭《ふ》いていると、入《い》り口《ぐち》からだれかが入《はい》ってくる気《け》配《はい》がした。

「いらっしゃいませ」

言《い》いながらふりかえると——そこに立《た》っていたのは拓海《たくみ》だった。

「安堂《あんどう》……なにか用《よう》か」

「おまえに用《よう》なんかねぇよ。俺《おれ》はここで待《ま》ち合《あ》わせしてんの——仁菜子《になこ》チャンと」

ニヤニヤ笑《わら》う拓海《たくみ》に、蓮《れん》はかっとなった。

「あの子《こ》は、おまえが中途半端《ちゅうとはんぱ》に付《つ》き合《あ》ってきた子《こ》たちとはちがう」

「はっ」

拓海《たくみ》は笑《わら》った。

「おまえさー、仁菜子《になこ》チャンのなんなの？　そんなこと言《い》う権利《けんり》も資格《しかく》も、おまえにはないんじゃないの？」

蓮《れん》は言《い》いかえせず、その場《ば》に立《た》ちすくんだ。カフェの客《きゃく》たちが、なにごとかと見《み》つめている。

拓海《たくみ》は、ポケットからおもむろにスマホを取《と》りだすと、なにやら操作《そうさ》してから蓮《れん》の目《め》の前《まえ》につきだした。

「心配《しんぱい》しなくても、仁菜子《になこ》チャン以外全部消去《いがいぜんぶしょうきょ》だよ」

以前《いぜん》は女《おんな》の子《こ》の連絡先《れんらくさき》がぎっしりだったアドレス帳《ちょう》に、今《いま》は仁菜子《になこ》の名前《なまえ》しか登録《とうろく》されていない。

空《あ》いていた席《せき》にどさっと腰《こし》をおろしながら、拓海《たくみ》は意味《いみ》ありげに言《い》う。

「またこんなふうに人《ひと》を好《す》きになれるなんて、思《おも》ってなかった」

「……なんでそんなことを俺《おれ》に言《い》うんだよ」

席《せき》を立《た》ったグループのテーブルを片《かた》づけながら、蓮《れん》は拓海《たくみ》から目《め》をそらした。

拓海《たくみ》が、わかってるくせに、とでも言《い》いたげに舌打《したう》ちをする。

「……おまえ、そういうとこ、昔《むかし》からぜんぜん変《か》わんねーのな」

「…………」

蓮《れん》は答《こた》えられない。

「ま、どーでもいいけど」

投《な》げやりに言《い》った拓海《たくみ》に背《せ》をむけ、蓮《れん》は空《から》のグラスを載《の》せたトレイをかかげたまま、厨《ちゅう》房《ぼう》のほうへさがろうとした。

そのとき、入《い》り口《ぐち》のドアが、またひらいた。

「いらっしゃいませ」

ふりかえったその先《さき》に立《た》っていたのは、仁菜子《になこ》だった。

「蓮《れん》くん……」

浴衣姿《ゆかたすがた》の仁菜子《になこ》は、蓮《れん》の顔《かお》を見《み》て棒立《ぼうだ》ちになっている。ここで蓮《れん》が働《はたら》いていることを知《し》らなかったようだ。

「仁菜子《になこ》チャン！　つかさちゃんは？」

拓海《たくみ》が歩《あゆ》みよってきた。仁菜子《になこ》はとまどったような顔《かお》で拓海《たくみ》をふりかえる。

「あの、今電話《いまでんわ》があって、なんか風邪《かぜ》ひいちゃったんだって……」

「そっか。じゃふたりで見《み》よう。いこういこう」

言《い》いながら、拓海《たくみ》は仁菜子《になこ》の肩《かた》を抱《だ》くようにして、店《みせ》から出《で》ていった。

ちらりとふりかえった仁菜子《になこ》の顔《かお》から、蓮《れん》はそっと目《め》をそらした。

「想《おも》うだけでいいんならさー、あんな顔《かお》すんなよ」

夜店《よみせ》がならぶ土手《どて》の上《うえ》を歩《ある》きながら、拓海《たくみ》があきれたように言《い》う。

「わかってるよ……」

仁菜子《になこ》はそう言《い》いながらため息《いき》をついた。

不意打《ふいう》ちされるとどうしても笑顔《えがお》がつくれない。気持《きも》ちが全部顔《ぜんぶかお》に出《で》てしまう。

「わかってないだろ」

土手《どて》はもう、早《はや》くから場所取《ばしょと》りしている人《ひと》たちでいっぱいだった。

なんとなく座《すわ》る気《き》にもなれず、ふたりはぶらぶらと遊歩道《ゆうほどう》を歩《ある》きつづける。

「私《わたし》……〝好《す》き〟って気持《きも》ち、軽《かる》く考《かんが》えてた……ほんとうは、もっと覚悟《かくご》が必要《ひつよう》だったんだね」

「このままじゃ、つらくなるだけだよ」

拓海《たくみ》が訳知《わけし》り顔《がお》で言《い》う。

「じゃあ、どうすればいいの？」

「だから、ふっきる努力《どりょく》も必要《ひつよう》だって。ほかのだれかを利用《りよう》しても」

「ほかのだれかって？」

なんの冗談《じょうだん》かと笑《わら》ってしまった仁菜子《になこ》に、拓海《たくみ》は少《すこ》しおどけて自分《じぶん》を指《ゆび》さした。

でも、その目《め》は――真剣《しんけん》だった。

「そんなズルいことできないよ」

仁菜子《になこ》は、笑《わら》いながら足《あし》を速《はや》めた。

拓海《たくみ》も、ははは、とすぐに笑《わら》った。

ふたりは、またしばらくの間《あいだ》、無言《むごん》で土手《どて》の上《うえ》を歩《ある》いた。

「それはズルとは言《い》わないと思《おも》う。ズルっていうのは……」

拓海《たくみ》がそう言《い》いかけたとき。

「拓海《たくみ》くん？」

急《きゅう》にだれかが、拓海《たくみ》を呼《よ》びとめた。

ふりむくと、そこに浴衣姿《ゆかたすがた》の女《おんな》の子《こ》が立《た》っている。仁菜子《になこ》の知《し》らない人《ひと》だった。

「やっぱり！　こんなところで会《あ》うなんて、すごい偶然《ぐうぜん》」

女《おんな》の子《こ》は、笑《わら》いながらふたりにかけよってくる。

「友《とも》だち？」

仁菜子《になこ》が拓海《たくみ》にたずねたが、なぜか彼《かれ》は答《こた》えない。

女《おんな》の子《こ》のほうが明《あか》るく言《い》った。

「拓海《たくみ》くんの中学《ちゅうがく》のときの後輩《こうはい》で、杉本真央《すぎもとまお》です。拓海《たくみ》くんのカノジョさん、ですか？」

「え？　ううん、ちがうよ」

仁菜子《になこ》があわてて首《くび》を横《よこ》にふったとき、今《いま》までだまっていた拓海《たくみ》が、急《きゅう》に口《くち》をひらいた。

「つーかさぁ、よく俺《おれ》に話《はな》しかけられたよね？」

聞《き》いたことのないようなけわしい声《こえ》は、まっすぐ真央《まお》にむけられていた。

真央《まお》の顔色《かおいろ》が変《か》わった。立《た》ちすくむ彼女《かのじょ》に、拓海《たくみ》はいじわるそうに笑《わら》う。

「なにその顔《かお》。そういう顔《かお》すれば、何度《なんど》でもだませると思《おも》ってんの？　ふざけんな！」

いきなり怒鳴《どな》りつけると、身《み》をひるがえして走《はし》り去《さ》っていく。

「安堂《あんどう》くん！」

仁菜子《になこ》はおどろいて後《あと》を追《お》った。

真央《まお》は追《お》いかけてこなかった。


「安堂《あんどう》くん！　ねぇどうしたの!?」

少《すこ》しはなれた歩道橋《ほどうきょう》の上《うえ》で、仁菜子《になこ》はやっと拓海《たくみ》に追《お》いついた。

拓海《たくみ》は、よろよろと立《た》ちどまると、ふっと笑《わら》った。

「さっきのが、例《れい》の中学《ちゅうがく》ンときの元《もと》カノ」

「えっ……」

拓海《たくみ》は、顔《かお》をそむけたまま言《い》う。

「ズルいってのはさ、ああいうやつのことを言《い》うんだよ」

それから、ははっ、と空《そら》を仰《あお》いで笑《わら》った。

「あんなふうにキレるなんて、ダセーな俺《おれ》」

そう言《い》って、歩道橋《ほどうきょう》の手《て》すりの下《した》に座《すわ》りこんでしまう。

「ダサくないよ」

仁菜子《になこ》は言《い》った。

「それだけ彼女《かのじょ》のこと、大好《だいす》きだったってことだよ。だから裏切《うらぎ》られたのがショックだったんでしょ」

拓海《たくみ》は少《すこ》しおどろいたように仁菜子《になこ》を見《み》あげた。

それから視線《しせん》をそらし、少《すこ》しだまってから——笑《わら》う。

「……でも、悪《わる》いのは俺《おれ》なんだ」

「……どういうこと？」

「真央《まお》のいちばんになる努力《どりょく》もしないで、その恋《こい》からさっさとおりた俺《おれ》がいちばんダメ。その親友《しんゆう》のことも許《ゆる》せなくて、つき放《はな》した」

ゆっくりと立《た》ちあがり、手《て》すりに寄《よ》りかかる。

「どっちも大事《だいじ》にしてたんだけどね。マジダセー」

「……安堂《あんどう》くんはダサくないよ」

仁菜子《になこ》はもう一度《いちど》言《い》った。

そっと彼《かれ》の隣《となり》にならんで、一緒《いっしょ》に空《そら》を見《み》あげる。

まだ花火《はなび》は打《う》ちあがらず、都会《とかい》の夜《よる》には星《ほし》も見《み》えない。

「だって、いちばん傷《きず》ついたのは安堂《あんどう》くんなのに……大事《だいじ》な人《ひと》を許《ゆる》せなくて、そんな自分《じぶん》を責《せ》めて……そういうの隠《かく》して、いつも笑顔《えがお》で、でもほんとうは苦《くる》しんで」

言葉《ことば》にしたら、なんだかせつなくなって、なぜか仁菜子《になこ》は涙《なみだ》ぐんでしまった。

「だから、ちっともダサくないよ！」

泣《な》きそうになったのが恥《は》ずかしくて、にっと笑顔《えがお》をつくる。

そのとたん――仁菜子《になこ》は、拓海《たくみ》に抱《だ》きしめられていた。

「好《す》きだよ」

切羽詰《せっぱつ》まったような、拓海《たくみ》の声《こえ》が、耳元《みみもと》でひびく。

同時《どうじ》に――最初《さいしょ》の花火《はなび》が打《う》ちあがる音《おと》がした。

ドォン。

空気《くうき》がふるえ、空《そら》が明《あか》るくなるのがわかった。

わー、と人々《ひとびと》の歓声《かんせい》。

次々《つぎつぎ》に打《う》ちあがる花火《はなび》。はげしい音《おと》。

おどろきと緊張《きんちょう》で息《いき》ができない仁菜子《になこ》に、拓海《たくみ》は言《い》う。

「蓮《れん》を想《おも》う気持《きも》ちなんか、俺《おれ》が全部《ぜんぶ》消してあげる」

どうしていいかわからず、抱《だ》きしめられたまま、仁菜子《になこ》は言《い》った。

「……そういう冗談《じょうだん》、言《い》わないほうがいいよ」

「本気《ほんき》で言《い》ってる。だから、俺《おれ》を利用《りよう》していいよ」

拓海《たくみ》は、ゆっくり仁菜子《になこ》の体《からだ》をはなして、それから顔《かお》をのぞきこんでくる。

「そんなことできないよ……」

その目《め》から逃《のが》れようと、仁菜子《になこ》は体《からだ》をよじった。

「返事《へんじ》は今《いま》はいらない。すぐにOK《オーケー》もらえるとも思《おも》ってない。……でも、そのうちきっと『限界《げんかい》』がくるよ」

そう言《い》って――拓海《たくみ》は、そっと仁菜子《になこ》の肩《かた》から手《て》をはなし、それから背《せ》をむけて、歩道《ほどう》橋《きょう》のむこうへと歩《ある》き去《さ》っていってしまった。

7. 約束《やくそく》

大輪《たいりん》の花火《はなび》が何発《なんぱつ》も、何発《なんぱつ》も、つづけて空《そら》に打《う》ちあがる。

その大《おお》きな音《おと》と、人々《ひとびと》の笑《わら》い声《ごえ》が満《み》ちあふれる大通《おおどお》りを、仁菜子《になこ》はひとり、ふらふらと歩《ある》いていた。

みんな空《そら》を見《み》ている。

ただひとり、駅《えき》のほうへと歩《ある》く仁菜子《になこ》を気《き》にする人《ひと》はだれもいない。

蓮《れん》をふっきる努力《どりょく》をするなら、それはズルじゃない、と拓海《たくみ》は言《い》った。

(安堂《あんどう》くんのこと、嫌《きら》いじゃない。いい人《ひと》だし、友《とも》だちとしてはとても好《す》き……でも、だからこそ……)

彼《かれ》を利用《りよう》するなんてできない。

そんなことで、蓮《れん》への気持《きも》ちがなくなるなんて思《おも》えない。

だから、ふっきらなくちゃダメなんだ。

（私《わたし》が、自分《じぶん》でふっきらなくちゃ――……）


ふと目《め》をあげると――そこは、あの、蓮《れん》がバイトしているカフェの前《まえ》だった。

みんな花火《はなび》を見《み》に出《で》たのか、ほとんど客《きゃく》のいない店内《てんない》。

そこで、ひとりの女性客《じょせいきゃく》と、ウエイター姿《すがた》の蓮《れん》が笑《わら》いあっている。

（……麻由香《まゆか》さん……）

客《きゃく》は、麻由香《まゆか》だった。

なにかいいことでもあったのだろうか、とても楽《たの》しそうに蓮《れん》に話《はな》しかけていて、蓮《れん》も笑《わら》いながらあいづちを打《う》っている。


ふっきらなくちゃ、と、たった今思《いまおも》ったばかりなのに。

こうして、蓮《れん》が目《め》にうつった瞬間《しゅんかん》、いっぺんにふりだしにもどされる。

(こんなたしかな気持《きも》ちを——私《わたし》は消《け》すことができるのかな)

『好《す》き』はどんどん積《つ》もっていくばかりで。

どんなにとじこめようとしても、気《き》がついたらあふれだしてくるようで。

そう思《おも》うと、涙《なみだ》がこみあげてくる。

うつむいて、肩《かた》をふるわせて、仁菜子《になこ》は泣《な》いた。


麻由香《まゆか》と笑《わら》いあいながら——ふと目《め》をあげた蓮《れん》は、ガラス戸《ど》のむこうに仁菜子《になこ》が立《た》っているのを見《み》た。

(泣《な》いてる——……?)

そのとき、顔《かお》をあげた仁菜子《になこ》と、一瞬《いっしゅん》目《め》が合《あ》ってしまう。

けれども彼女《かのじょ》は、申《もう》し訳《わけ》なさそうにすぐ顔《かお》をそらし——早足《はやあし》でかけ去《さ》っていった。

「どうしたの？　蓮《れん》」

蓮《れん》の視線《しせん》を追《お》って、うしろの窓《まど》をふりかえりながら、麻由香《まゆか》がたずねる。

蓮《れん》は、はっと我《われ》にかえり、なんでもない、と笑《わら》う。

小《ちい》さくなっていく仁菜子《になこ》のうしろ姿《すがた》に、麻由香《まゆか》は気《き》づいただろうか。

「その、なんとかエッジ、だっけ」

少《すこ》し無理《むり》やりに話《はなし》をもどそうとした蓮《れん》の言葉《ことば》を、麻由香《まゆか》は苦笑《にがわら》いで訂正《ていせい》した。

「エッジ・オブ・ザ・ワールド、だよ」

「そう——その仕事《しごと》、正式《せいしき》に決《き》まったら、ちゃんとお祝《いわ》いしようよ。予約《よやく》していくような店《みせ》でゴハン食《た》べたりさ」

麻由香《まゆか》は笑《わら》いながら首《くび》を横《よこ》にふった。

「いいよ、そんな、無理《むり》しなくて」

「無理《むり》してないよ」

そう言《い》ったとき、蓮《れん》の胸《むね》の中《なか》に、さっきの仁菜子《になこ》の泣《な》き顔《がお》と——駅《えき》で彼《かれ》を看病《かんびょう》してくれたときの声《こえ》が、同時《どうじ》によみがえってきた。

『いいんだよ、たまには。がんばらなくても』

……そうだろうか。

ほんとうにそうだろうか。

蓮《れん》にはわからない。

ちょうどむこうのテーブルから、ちょっと、と声《こえ》がかかった。

「ごめん、仕事《しごと》だから」

麻由香《まゆか》にそう言《い》って、背《せ》をむけようとしたとき、麻由香《まゆか》が蓮《れん》を呼《よ》びとめた。

「ね、蓮《れん》。お祝《いわ》いはいいから——明日《あした》の夕方《ゆうがた》、少《すこ》し時間《じかん》あるかな」


「なつかしいー。よくここで会《あ》ったよね」

翌日《よくじつ》の夕方《ゆうがた》。麻由香《まゆか》が蓮《れん》をつれてきたのは、高台《たかだい》にある公園《こうえん》だった。

「蓮《れん》の塾《じゅく》が終《お》わったあと、いっつもここでおしゃべりしたよね——覚《おぼ》えてる？」

「もちろん」

ここは三年前《ねんまえ》、ふたりが付《つ》き合《あ》い始《はじ》めたころに、よく会《あ》っていた場所《ばしょ》だ。

麻由香《まゆか》は、展望台《てんぼうだい》の手《て》すりから身《み》をのりだすようにして、目《め》の前《まえ》に広《ひろ》がる夕暮《ゆうぐ》れの街《まち》を指《ゆび》さした。

「でも、変《か》わっちゃったね。あそこにあんなビルなかったし、あの家《いえ》の屋《や》根《ね》って、昔《むかし》は青《あお》くなかった？　建《た》てかえたのかな〜」

その声《こえ》が不《ふ》自《し》然《ぜん》に明《あか》るい気《き》がして、蓮《れん》は急《きゅう》に不《ふ》安《あん》になる。

「……変《か》わらないものだって、たくさんあるよ」

「うん」

麻《ま》由《ゆ》香《か》は笑《わら》った。

そして、くるりと蓮《れん》に背《せ》をむけ、ベンチのほうへ歩《ある》きだす。

「あのね、すごいこと言《い》っていい？」

「？」

ベンチにどさっと座《すわ》ると、麻《ま》由《ゆ》香《か》は蓮《れん》を見《み》あげた。

「私《わたし》、お父《とう》さんのこと、もうぜんぜん平《へい》気《き》」

「…………」

とっさに言《こと》葉《ば》が出《で》ない蓮《れん》に、麻《ま》由《ゆ》香《か》は笑《わら》う。

「あのころの私《わたし》とはちがう。蓮《れん》に出会《であ》って、蓮《れん》に恋《こい》して、いつのまにか強《つよ》くなってた」

「私《わたし》は、もうだいじょうぶ。だから——もう」

「…………」

「ちょっと待《ま》って」

蓮《れん》は、麻由香《まゆか》の言葉《ことば》をさえぎった。

まっすぐ立《た》っていられず、藤棚《ふじだな》を支《ささ》えている柱《はしら》に寄《よ》りかかる。

「なにこれ……別《わか》れ話《ばなし》？」

「あったりー」

「なに言《い》ってんの」

明《あか》るく言《い》う麻由香《まゆか》に、蓮《れん》は冗談《じょうだん》かと笑《わら》う。

だが、麻由香《まゆか》は真顔《まがお》になっている。

「……なんで？」

ききかえすと、麻由香《まゆか》は少《すこ》しうつむいて、それから話《はな》し始《はじ》めた。

「——私《わたし》がモデルの仕事《しごと》を始《はじ》めたのはね、自分《じぶん》に自信《じしん》を持《も》ちたかったからなの。蓮《れん》と付《つ》き合《あ》い始《はじ》めたころ、私《わたし》、なにもなくて、空《から》っぽで——こんなんじゃ、いつか蓮《れん》に置《お》いていかれるんじゃないかって、すごく不安《ふあん》だった」

麻由香《まゆか》はさびしそうに笑《わら》った。

蝉《せみ》の鳴《な》き声《ごえ》がうるさいほどに聞《き》こえる。

「そんな理由《りゆう》で始《はじ》めた仕事《しごと》なのに——いつのまにか、すごく大事《だいじ》なものになってた。蓮《れん》との約束《やくそく》より、仕事《しごと》を優先《ゆうせん》するぐらい。エッジのパーティの話《はなし》がきたときなんか、スケジュール帳確認《ちょうかくにん》もせずに〝いきます〟って叫《さけ》んじゃったんだよ。あとから、そういえば蓮《れん》と約束《やくそく》してたっけ、なんて思《おも》いだして……ひどいでしょう」

麻由香《まゆか》は肩《かた》をすくめた。

「最近雑誌《さいきんざっし》の占《うらな》いページとか、まっさきに『仕事運《しごとうん》』のところ見《み》てるんだ。『恋愛運《れんあいうん》』なんか見《み》もしない」

「それが理由《りゆう》？　そんなの、社会人《しゃかいじん》なんだから当《あ》たり前《まえ》じゃない。合《あ》わせられるほうが合《あ》わせればいいんだし……」

ううん、と、麻由香《まゆか》は首《くび》をふる。

「両親《りょうしん》が離婚《りこん》したとき、どうして人《ひと》の気持《きも》ちは変《か》わっていくんだろうって思《おも》った。父《ちち》が再婚《さいこん》するって聞《き》いたときも、元《もと》にはもどれないいんだと思《おも》って悲《かな》しかった。でも——変《か》わっていくのは、当《あ》たり前《まえ》なんだって、やっとわかったの」

麻由香《まゆか》は、蓮《れん》をまっすぐに見《み》つめながら立《た》ちあがった。

そしてゆっくり蓮《れん》に歩《あゆ》みよる。

「私《わたし》は、自分《じぶん》の変化《へんか》を認《みと》めたの。だったら、蓮《れん》の変化《へんか》も認《みと》めなきゃ」

右手《みぎて》が、蓮《れん》の左胸《ひだりむね》の上《うえ》に置《お》かれた。

「——ここに、ちがうだれかがいるでしょ？」

蓮《れん》は息《いき》をのむ。

でも、麻由香《まゆか》は、うすくほほえみさえ浮《う》かべていた。

「もう無理《むり》に消《け》そうとしないでいいんだよ」

「ちょっと待《ま》って」

蓮《れん》はその手《て》をふり払《はら》う。

「無理《むり》ってなに？　麻由香《まゆか》のためにする努力《どりょく》がまちがってるって言《い》うの？」

思《おも》わず背《せ》をむけて、ふらふらと手《て》すりに寄《よ》りかかった。

麻由香《まゆか》が後《あと》を追《お》ってきて、そっと隣《となり》に立《た》つ。

「その努力《どりょく》は、私《わたし》のためじゃない。〝あの約束《やくそく》〟を破《やぶ》らないためだけのものだよ」

その言葉《ことば》は、まっすぐに、蓮《れん》の胸《むね》をつらぬいた。

さびた手《て》すりに額《ひたい》を押《お》しつけながら、蓮《れん》は言葉《ことば》が出《で》なかった。

三年前《ねんまえ》、ここで、こうやって、同《おな》じようにふたりでならんで。

両親《りょうしん》の離婚《りこん》に泣《な》く麻由香《まゆか》を、蓮《れん》がなぐさめた。

ずっとそばにいると、約束《やくそく》した。

でも——その約束《やくそく》は、もう、ただ、ふたりを縛《しば》るものでしかなくなっていたのか。

「あのときの蓮《れん》の気持《きも》ちがウソじゃなかったなら、それでもうじゅうぶん」

麻由香《まゆか》が、明《あか》るく、でも、少《すこ》しさびしそうにつぶやいた。

「私《わたし》、先《さき》に大人《おとな》になっちゃったね。ほんとうは、蓮《れん》と一緒《いっしょ》に大人《おとな》になりたかったけど」

もういくね、と、麻由香《まゆか》は言《い》った。

そして、手《て》をふって去《さ》っていった。

蓮《れん》はひとり取《と》り残《のこ》され、暮《く》れていく街《まち》をただ見《み》つめた。
あのときも蝉《せみ》が鳴《な》いていた。
でも——それは今《いま》と同《おな》じ蝉《せみ》の声《こえ》じゃない。
あのとき、自分《じぶん》はほんとうに麻由香《まゆか》が好《す》きだった。
初恋《はっこい》だった。

でも——もう。それは終《お》わったのだ。

8. 遠足《えんそく》

「おはよう」

「おはー！　ひさしぶりー！」

夏休《なつやす》みが明《あ》けて、二学期《がっき》が始《はじ》まった。

始業式《しぎょうしき》の朝《あさ》の廊下《ろうか》は、ひさしぶりに会《あ》うクラスメートの笑顔《えがお》であふれている。

仁菜子《になこ》も女《おんな》の子《こ》たちとあいさつをかわしながら、けれども視線《しせん》は、横《よこ》を通《とお》りすぎていった蓮《れん》からはなれない。

（……なんだか、元気《げんき》がない気《き》がする、けど……）

でも――話《はな》しかけるきっかけもなく。

仁菜子《になこ》は、教室《きょうしつ》への階段《かいだん》を上《のぼ》り始《はじ》めた。

「あの」

うしろから呼《よ》びとめられてふりむくと、どこかで会《あ》ったことのある女《おんな》の子《こ》が立《た》っている。

「花火大会《はなびたいかい》のとき、会《あ》いましたよね」

「あっ、うん」

それは、拓海《たくみ》の中学時代《ちゅうがくじだい》の彼女《かのじょ》だったという杉本真央《すぎもとまお》だった。

(同《おな》じ高校《こうこう》だったのか――後輩《こうはい》だって言《い》ってたから、一年生《ねんせい》？)

ぺこりと頭《あたま》をさげてからまた階段《かいだん》を上《のぼ》る仁菜子《になこ》を、真央《まお》が追《お》いかけてくる。

「あのっ……先輩《せんぱい》って、一ノ瀬先輩《いちのせせんぱい》のことが好《す》きなんですか？」

「え？」

急《きゅう》に蓮《れん》の名前《なまえ》が出《で》ておどろく。

「べつに、私《わたし》は……」

「だって、今《いま》ずっと目《め》で追《お》ってたでしょう」

どこから見《み》ていたんだろう。

ちょっと気味《きみ》が悪《わる》くなって、仁菜子《になこ》は早足《はやあし》になった。

「おっはよー」

そのとき、ふたりの間《あいだ》に割《わ》りこんできたのは、拓海《たくみ》だった。

拓海《たくみ》は、仁菜子《になこ》に笑《わら》いかけてから、真顔《まがお》にもどって真央《まお》にむきなおる。

「……どういうこと？　おまえ、よそいったはずだろ」

「二学期《がっき》から転校《てんこう》してきたの。また同《おな》じ学校《がっこう》になれてうれしい」

笑《わら》う真央《まお》に、拓海《たくみ》は顔《かお》をゆがめた。

「俺《おれ》とじゃねぇだろ？」

真央《まお》は答《こた》えない。

拓海《たくみ》は、そっと仁菜子《になこ》の肩《かた》を押《お》した。

「俺《おれ》、この子《こ》に話《はなし》あるから、仁菜子《になこ》チャンは先《さき》いっててくれる？」

「でも……」

「なーんもないから、ふつうに話《はな》すだけだから」

「……うん」

不安《ふあん》を感《かん》じながら少《すこ》し歩《ある》きだし、やっぱり気《き》になってふりかえると、拓海《たくみ》は真央《まお》をにらみつけていた。

「なに考《かんが》えてんだか知《し》らないけど、今《いま》の子《こ》になにかしたら許《ゆる》さないよ」

そんな言葉《ことば》が聞《き》こえてドキッとする。仁菜子《になこ》はあわてて足《あし》を速《はや》めた。

「拓海《たくみ》くん、あの人《ひと》のことが好《す》きなんだね」

そう言《い》う真央《まお》の声《こえ》が遠《とお》く聞《き》こえた。


そのまま足早《あしばや》に教室《きょうしつ》に入《はい》ろうとした仁菜子《になこ》を、入《い》り口《ぐち》のところで待《ま》ちかまえていたのはさゆりとつかさだった。

「仁菜子《になこ》、たいへん！」

腕《うで》をつかまれて、廊下《ろうか》につれだされる。

「な、なに？」

「落《お》ちついて聞《き》いてよ──蓮《れん》くん、カノジョと別《わか》れたんだって」

「えっ……なんで？」

仁菜子《になこ》は目《め》を見《み》ひらいた。

(だって花火大会《はなびたいかい》の日《ひ》、あんなに楽《たの》しそうにしていたのに……)

夏休《なつやす》みの間《あいだ》になにがあったんだろう。

「だれから聞《き》いたのそれ」

「私《わたし》たちは大樹《だいき》からだけど、もう学校中《がっこうじゅう》のウワサになってるよ」

「り、理由《りゆう》は？」

聞《き》いたってしょうがないのに、つい聞《き》きかえしてしまう。

「うーん、大樹《だいき》もはっきりは言《い》わなかったけど、やっぱマユカの仕事《しごと》が忙《いそが》しいからっぽい？」

「売《う》れっ子《こ》だもんね〜。今月《こんげつ》もいろんな雑誌《ざっし》にいっぱい載《の》ってた！」

そう言《い》いながら、つかさが声《こえ》をひそめる。

「でも、これで蓮《れん》くんもフリーになったわけだし、仁菜子《になこ》チャンスじゃん！」

「……そういうの、今《いま》はいいや……蓮《れん》くんの気持《きも》ち考《かんが》えたら……」

うつむく仁菜子《になこ》に、つかさはたたみかけてくる。

「またぁ！　〝友《とも》だちとして〟とか言《い》うんじゃないよね？　もたもたしてると次《つぎ》の彼女《かのじょ》と付《つ》き合《あ》っちゃうかもよ？　蓮《れん》くんがフリーとか、みんなほっとくわけないじゃん！」

「でも……」

「仁菜子《になこ》さぁ、今《いま》のままでいいの？」

真剣《しんけん》な声《こえ》でたずねたのはさゆりだった。

「蓮《れん》くんの〝友《とも》だち〟ってことは、もしも蓮《れん》くんに新《あたら》しい彼女《かのじょ》ができたら、そのときは祝《しゅく》福《ふく》してあげなくちゃいけないってことだよ？」

「……………」

そう言《い》われると、仁菜子《になこ》はかえす言葉《ことば》がなくなってしまう。

「ね、ちょうど来週遠足《らいしゅうえんそく》あるじゃん！　鎌倉《かまくら》！　あたしたちも協力《きょうりょく》してあげるから、なんとか距離《きょり》ちぢめなよ！」

「そうだ、グループ行動《こうどう》の班一緒《はんいっしょ》になれるようにしよう。大樹《だいき》に言《い》って根回《ねまわ》し手伝《てつだ》ってもらおう」

「それいいね！」

盛《も》りあがるさゆりとつかさに、仁菜子《になこ》はどうしていいかわからず、あいまいに笑《わら》うしかできなかった。

「じゃあ、くれぐれもマナーを守《まも》って事故《じこ》のないように。グループごとで行動《こうどう》すること！」

鎌倉駅前《かまくらえきまえ》の広場《ひろば》に集合《しゅうごう》した二年《ねん》四組《くみ》は、整列《せいれつ》して担任《たんにん》の先生《せんせい》の注意《ちゅうい》を聞《き》いていた。

「集合時間《しゅうごうじかん》には遅《おく》れないこと。なにかあったら先生《せんせい》のケータイに電話《でんわ》すること。解散《かいさん》！」

わあっ、と列《れつ》がほどける。

みんな明《あか》るい顔《かお》で、五、六人《にん》のグループに分《わ》かれて歩《ある》きだした。

結局《けっきょく》、つかさたちの根回《ねまわ》しで、仁菜子《になこ》は蓮《れん》と同《おな》じグループだ。

つかさ、さゆり、仁菜子《になこ》と、蓮《れん》、大樹《だいき》という顔《かお》ぶれである。

「最初《さいしょ》、どこいくんだっけ」

「鶴岡八幡宮《つるがおかはちまんぐう》だよ」

「おおっ奇遇《きぐう》だねぇ。俺《おれ》らの班《はん》も鶴岡八幡宮《つるがおかはちまんぐう》にいくんで、一緒《いっしょ》にまわらない？」

仁菜子《になこ》とさゆりのやりとりに、いきなり首《くび》をつっこんできた拓海《たくみ》に、みんな苦笑《にがわら》いする。

「いいけど、あんたの班《はん》の子《こ》どこよ」

「ん？　うしろのほうにいるんじゃない？」

「また適当《てきとう》なんだから……」

さゆりも、大樹《だいき》も笑《わら》っている。

「仁菜子《になこ》、迷子《まいご》にならないでよ」

「なるわけないじゃん」

ふくれる仁菜子《になこ》に、つかさも笑《わら》った。

蓮《れん》もふりかえって笑《わら》っている。

その笑顔《えがお》がうれしいような——でも、少《すこ》しつらいような。

複雑《ふくざつ》な気持《きも》ちで——仁菜子《になこ》も笑《わら》った。


「……迷子《まいご》になるなって言《い》われてたのにぃ」

鶴岡八幡宮《つるがおかはちまんぐう》について、ほんの十分《じゅっぷん》ほどあとのことだ。

仁菜子《になこ》は、うす暗《ぐら》い石段《いしだん》の真《ま》ん中《なか》で、地図《ちず》を片手《かたて》に困《こま》り果《は》てていた。

ちょっとお手洗《てあら》いにいこうとしてみんなからはなれ、わきの小道《こみち》に入《はい》りこんだら、もどれなくなってしまったのだ。

狭《せま》い通路《つうろ》の分《わ》かれ道《みち》を、どこかでまちがえてしまったのだろう。

「……まさかこんな迷路《めいろ》みたいになっているなんて……」

ぐるりとあたりを見《み》まわしても、ひたすら雑木林《ぞうきばやし》がつづくばかりで、自分《じぶん》がどこからきたのかまったくわからない。

「……そうだ、さゆちゃんに電話《でんわ》……」

スマホを取《と》りだそうとしたときだった。

「木下《きのした》さーん」

下《した》のほうから、蓮《れん》の声《こえ》がした。さがしにきてくれたらしい。

「はーい！　蓮《れん》くん、私《わたし》、ここですー！」

そう言《い》いながら、階段《かいだん》をかけおりた、そのとき。

「ぎゃっ」

最後《さいご》の段《だん》をふみはずし、もののみごとに泥《どろ》の水《みず》たまりに倒《たお》れこんでしまう。

「だいじょうぶ!?」

蓮《れん》がかけよってきた。

「だ、だいじょうぶ……」

と言《い》いながら立《た》ちあがってはみたものの、自分《じぶん》の姿《すがた》を見《み》まわして仁菜子《になこ》は泣《な》きたくなった。

胸《むね》からおなかにかけて、泥《どろ》がべったりこびりついている。

「……最悪《さいあく》」

蓮《れん》の前《まえ》で転《ころ》ぶのは何度目《なんどめ》だろう。

泣《な》きそうになった仁菜子《になこ》の腕《うで》をひいて、蓮《れん》はあたりを見《み》まわした。

「あのむこうに休憩所《きゅうけいじょ》があったから、そこへいこう」

「えっ」

そう言《い》いながら、いきなり自分《じぶん》が着《き》ていたグレイのパーカーを脱《ぬ》いでさしだしてくれる。

「えっ、えっ」

「これに着替《きが》えなよ。俺《おれ》もう一枚下《まいした》に着《き》てるから平気《へいき》だし」

「……あ、ありがとう……」

パーカーをにぎって、もじもじとお礼《れい》を言《い》っている間《あいだ》に、蓮《れん》はさっさと歩《ある》きだしてしまった。

後《あと》をついていくと和風《わふう》の休憩所《きゅうけいじょ》があった。

仁菜子《になこ》は急《いそ》いでそこのトイレに入《はい》り、蓮《れん》から借《か》りたパーカーに着替《きが》える。

背《せ》の高《たか》い蓮《れん》のパーカーはぶかぶかだった。

小柄《こがら》な仁菜子《になこ》が着《き》ると、袖《そで》からほとんど指先《ゆびさき》しか見《み》えない。

下《した》も、ミニ丈《たけ》のキュロットがすっぽり隠《かく》れて、なにもはいていないように見《み》え、ちょっと恥《は》ずかしい。

(大《おお》きい……それに、あったかい)

蓮《れん》が着《き》ていた、そのぬくもりがまだ残《のこ》っている。

ドキドキする。

でも——うれしい。

ぼんやり鏡《かがみ》を見《み》ていると、外《そと》から蓮《れん》のくしゃみが聞《き》こえて、ちょっと申《もう》し訳《わけ》なくなった。

あわててカバンを肩《かた》にかけなおし、外《そと》へ出《で》る。

「……じゃーん。だるまみたいでしょ」

照《て》れ隠《かく》しに自分《じぶん》で効果音《こうかおん》をつけて両手《りょうて》を広《ひろ》げると、蓮《れん》もそのだぼっとしたシルエットがおかしいのか、ぷ、と笑《わら》う。

蓮《れん》に背《せ》をむけて、洗面台《せんめんだい》で手《て》を洗《あら》おうとすると、うしろから彼《かれ》が近《ちか》づいてきた。

「ちょっと待《ま》って」

「え？」

蓮《れん》は、うしろから手《て》を伸《の》ばして、そっと仁菜子《になこ》の袖《そで》をまくってくれた。

「……ありがとう」

「こっちも」

右手《みぎて》がすんだら左手《ひだりて》も。

うしろから、まるで抱《だ》きすくめられているようで。

蓮《れん》の息《いき》が耳元《みみもと》にかかる。

思《おも》わず顔《かお》を赤《あか》くしながら、仁菜子《になこ》はつぶやいた。

「なんか、蓮《れん》くんお母《かあ》さんみたい」

「お母《かあ》さんは初《はじ》めて言《い》われた」

ふたりは、顔《かお》を見《み》あわせて笑《わら》った。


「知《し》ってるかもしれないけど……俺《おれ》、麻由香《まゆか》と別《わか》れた」

仁菜子《になこ》が、休憩所《きゅうけいじょ》のそばのベンチに腰《こし》をおろし、さゆりたちに電話《でんわ》をしようとしたとき、隣《となり》の蓮池《はすいけ》を眺《なが》めていた蓮《れん》がそう切《き》りだした。

「うん……」

「好《す》きだって気持《きも》ちと、俺《おれ》が守《まも》んなきゃって気持《きも》ちが、いつのまにかごっちゃになって、麻由香《まゆか》の気持《きも》ちを無視《むし》して、俺《おれ》のひとりよがりを押《お》しつけてた」

「………」

仁菜子《になこ》は、だまって蓮《れん》の横顔《よこがお》を見《み》つめる。

どうして別《わか》れたのかずっと気《き》になっていたけれど、聞《き》いてはいけないことだろうと思《おも》っていた。

それを——蓮《れん》が打《う》ち明《あ》けてくれたのがうれしかった。

その視線《しせん》に気《き》づいたのか、蓮《れん》は照《て》れくさそうに笑《わら》った。

「ごめんね、なんか変《へん》なこと言《い》っちゃったね」

「ううん……蓮《れん》くんはやさしいからさ……」

仁菜子《になこ》は立《た》ちあがり、休憩所《きゅうけいじょ》の階段《かいだん》をおりる。

「相手《あいて》のことをまず第一《だいいち》に考《かんが》えて、自分《じぶん》が無理《むり》してでも我慢《がまん》すればいいって思《おも》ってたんだよね、きっと」

「…………」

「それって、でも、蓮《れん》くんのいいところだと思《おも》う。きっと麻由香《まゆか》さんもわかってるんじゃないかな」

また、ちょっとえらそうなことを言《い》ってしまっただろうか。

仁菜子《になこ》がふりかえると、でも、蓮《れん》はほほえんでいた。

「木下《きのした》さんに話《はな》して、少《すこ》し元気《げんき》もらった」

ありがとう、と、蓮《れん》は言《い》った。

(あ……また)

仁菜子《になこ》は顔《かお》をそらす。
あまりにも蓮《れん》がやさしいので、また『好《す》き』が口《くち》からこぼれて出《で》そうになる。
(今《いま》こうしていられるのは、『友《とも》だち』だから)
もし、まだ仁菜子《になこ》が蓮《れん》を好《す》きだと知《し》ったら。
蓮《れん》はもう、こんなふうに接《せっ》してくれなくなってしまうかもしれない。
(――それとも……)
麻由香《まゆか》と別《わか》れてしまった今《いま》なら。
さゆりたちの言《い》うように、もう一度《いちど》、この気持《きも》ちを打《う》ち明《あ》けてもいいのだろうか。
でももし、また告白《こくはく》して、またふられたら。
今度《こんど》こそ、この距離《きょり》ではいられなくなってしまうだろう――……。
(……わからない)
「仁菜子《になこ》チャーン!」
そこへ、空気《くうき》を読《よ》まない大《おお》きな声《こえ》が聞《き》こえた。

「安堂《あんどう》くん！」

走《はし》りよってくるのは拓海《たくみ》だ。

「もう、心配《しんぱい》したよ、急《きゅう》にいなくなるんだもん」

「ごめん！　……あれ？　みんなは？」

あたりを見《み》まわすが、拓海《たくみ》だけしかいない。

拓海《たくみ》は肩《かた》をすくめながら笑《わら》った。

「わかんない。俺《おれ》、グループちがうし」

そういえばそうだった。仁菜子《になこ》は思《おも》わず苦笑《にがわら》いになる。

「俺《おれ》、ちょっとさがしてくるよ」

蓮《れん》がかけだしていく。

それを、少《すこ》しけわしい目《め》で見送《みおく》った拓海《たくみ》は、仁菜子《になこ》の姿《すがた》をじろじろと眺《なが》めまわした。

「それ……あいつのパーカー？」

「え、うん」

仁菜子《になこ》はちょっと気恥《きは》ずかしく、目《め》をそらしぎみに答《こた》える。

「転《ころ》んで服汚《ふくよご》しちゃって……ちょっと借《か》りたの」

「ふぅーん……」

なにか言《い》いたそうにしている拓海《たくみ》から逃《に》げるように、仁菜子《になこ》も走《はし》りだした。


少《すこ》しずつ、変《か》わっていく。

それは、当《あ》たり前《まえ》のこと。

ひとりひとりが変《か》わっていけば、今《いま》までぴったりとはまっていたはずの場所《ばしょ》に、もういられなくなる。

でも——次《つぎ》にはまるところは、どこなんだろう。

帰宅《きたく》する人《ひと》たちが足早《あしばや》に過《す》ぎていく新咲田駅前《しんさくたえきまえ》のロータリーに、蓮《れん》は立《た》っていた。

鎌倉《かまくら》からもどった、次《つぎ》の日《ひ》のことだ。

もうあたりは真《ま》っ暗《くら》で、秋《あき》の虫《むし》の声《こえ》がしている。

水色《みずいろ》の小《ちい》さな車《くるま》が近《ちか》づいてきて、蓮《れん》の目《め》の前《まえ》でとまった。

おりてきたのは麻由香《まゆか》だ。

「蓮《れん》、ひさしぶり」

ほほえむ彼女《かのじょ》に、蓮《れん》は、手《て》にしていた小《ちい》さな紙袋《かみぶくろ》をさしだした。

「これ、借《か》りてた本《ほん》とCD《シーディー》」

「うん。わざわざありがとう」

麻由香《まゆか》はもう、ふつうの笑顔《えがお》でそれを受《う》けとる。

蓮《れん》は、少《すこ》し顔《かお》をそらしながら言《い》った。

「俺《おれ》——麻由香《まゆか》に言《い》われて、すぐにはわかんなかった。自分《じぶん》の気持《きも》ち必死《ひっし》で消《け》して、麻由《まゆ》香《か》を守《まも》るって理由《りゆう》でごまかしてた」

「うん」

麻由香《まゆか》は、わかってる、という顔《かお》でうなずく。

「今《いま》までありがとう」

蓮《れん》は、やっと麻由香《まゆか》の顔《かお》を見《み》た。

「麻由香《まゆか》と会《あ》って、ちゃんと話《はな》さなきゃと思《おも》ってさ」

「うん」

言葉《ことば》がとぎれ、電車《でんしゃ》の音《おと》と虫《むし》の声《こえ》だけが聞《き》こえた。

「……さようなら」

「うん」

さすがに少《すこ》し泣《な》きそうな顔《かお》になった麻由香《まゆか》に、蓮《れん》もうなずきかけて、それから彼《かれ》はゆっくり背中《せなか》をむけた。

「バイバイ。蓮《れん》」

麻由香《まゆか》の、少《すこ》しふるえた声《こえ》が静《しず》かに流《なが》れた。

それが、ふたりの終《お》わりだった。

9. 衝撃《しょうげき》の事実《じじつ》

遠足《えんそく》から数日後《すうじつご》の放課後《ほうかご》。

仁菜子《になこ》は、教室《きょうしつ》を出《で》ていこうとしている蓮《れん》を、うしろから呼《よ》びとめた。

「蓮《れん》くん！　これ、こないだのパーカー。洗濯《せんたく》したから……どうもありがとう」

「どういたしまして」

蓮《れん》はほほえんで受《う》けとってくれる。

ちょっとその笑顔《えがお》に見《み》とれていると、彼《かれ》が言《い》った。

「帰《かえ》らないの？」

「えっ？」

それが、一緒《いっしょ》に帰《かえ》らないか、という意味《いみ》だと気《き》づくのに、しばらくかかった。

どうしていいかわからなくなって、思《おも》わずうしろをふりかえる。

教室《きょうしつ》のうしろの扉《とびら》から顔《かお》をだしてなりゆきを見守《みまも》っていたさゆりとつかさが、ふたりして手《て》ぶりと口《くち》パクで「帰《かえ》れ、帰《かえ》れ」と言《い》っている。

「帰《かえ》る、帰《かえ》ります！」

仁菜子《になこ》は、明《あか》るい声《こえ》で叫《さけ》んだ。


一緒《いっしょ》に校門《こうもん》を出《で》て、ならんで駅《えき》へとむかう。

通学路《つうがくろ》の途中《とちゅう》にある長《なが》い階段《かいだん》を、蓮《れん》と一緒《いっしょ》にゆっくりとおりていく。

それだけのことが、今《いま》ほんとうにうれしい。

階段《かいだん》をあがってきた見知《みし》らぬカップルとすれちがう。

(私《わたし》たちもあんなふうに見《み》えているのかな……)

「ああいう自然《しぜん》な感《かん》じって、いいよね」

思《おも》わずそのふたりのにぎりあった手《て》を、目《め》で追《お》いながらつぶやく。

「そうだね」

蓮《れん》があいづちを打《う》ってくれて、仁菜子《になこ》は少《すこ》しおどろいた。

蓮《れん》も同《おな》じように思《おも》っていたのだろうか。

九月《くがつ》の終《お》わり、まだふたりの制服《せいふく》は夏《なつ》のままだけど、夕暮《ゆうぐ》れの風《かぜ》には少《すこ》し秋《あき》の気配《けはい》がし始《はじ》めていた。

蓮《れん》が、そのにおいをかぐように息《いき》を吸《す》いこんだのがわかった。

仁菜子《になこ》も大《おお》きく深呼吸《しんこきゅう》する。

「夏《なつ》と秋《あき》のにおいが半分《はんぶん》になったね」

そう言《い》って笑《わら》うと、蓮《れん》は目《め》を見《み》ひらいて――にっこりと笑《わら》った。

なんだかすごくドキドキするような、恥《は》ずかしいような気持《きも》ちになって、仁菜子《になこ》はついお気《き》に入《い》りの曲《きょく》を鼻《はな》で歌《うた》いながら、少《すこ》し足《あし》を速《はや》めた。

「……その、歌《うた》」

うしろから、蓮《れん》がまた、おどろいたような声《こえ》で言《い》った。

「なに？」

「ちょうど同《おな》じところが、俺《おれ》も頭《あたま》の中《なか》で流《なが》れてた」

「ほんと？　シンクロ!?　気《き》が合《あ》うね！」

蓮《れん》と目《め》が合《あ》う。
胸《むね》がぎゅっと痛《いた》くなる。
また『好《す》き』が積《つ》もっていく。

蓮《れん》が、自分《じぶん》にむけてくれる笑顔《えがお》がうれしい。
ちょっと心《こころ》を許《ゆる》してるみたいな態度《たいど》も。
同《おな》じとき、同《おな》じ場所《ばしょ》で、同《おな》じことを思《おも》う。
そんな単純《たんじゅん》なことが、きっといちばん大切《たいせつ》で。

ただそばにいられるだけで、今《いま》はまだ、と思《おも》うけれど。
いつか近《ちか》いうちに、この気持《きも》ちをおさえきれなくなる。
もう——「限界《げんかい》」は、目《め》の前《まえ》にきている。

そんな、予感《よかん》がしていた。

仁菜子《になこ》はその日《ひ》、蓮《れん》にもらったあのイヤホンジャックを、棚《たな》の小箱《こばこ》から取《と》りだして、もう一度《いちど》スマホにつけなおした。

翌朝《よくあさ》、仁菜子《になこ》が登校《とうこう》すると、靴箱《くつばこ》のところでばったりと蓮《れん》に出《で》くわした。

「おはよう」

「おはよう」

あいさつしながらうわばきにはきかえる。蓮《れん》はなにか音楽《おんがく》を聴《き》いているらしく、制服《せいふく》の胸《むね》ポケットから耳《みみ》に、白《しろ》いイヤホンのコードが伸《の》びていた。

「なに聴《き》いてるの？」

何気《なにげ》なくたずねると、蓮《れん》はいきなり近《ちか》づいてきて、イヤホンの片方《かたほう》を仁菜子《になこ》の耳《みみ》につっこむ。

「！　……この曲《きょく》」

それは、昨日《きのう》一緒《いっしょ》に帰《かえ》ったときに、仁菜子《になこ》が鼻歌《はなうた》で歌《うた》った曲《きょく》だった。

「木下《きのした》さんの鼻歌《はなうた》。ちゃんと聴《き》きたくなって、さがしてiPod《アイポッド》に入《い》れたんだ」

「ほんと？　やっぱいいよねこの曲《きょく》。私《わたし》も好《す》き」

顔《かお》をあげたとたん、間近《まぢか》で蓮《れん》と目《め》が合《あ》ってしまう。

ちょっと照《て》れくさそうに、蓮《れん》はイヤホンを元《もと》にもどすと、じゃあ先《さき》にいくね、と歩《ある》いていってしまった。

残《のこ》された仁菜子《になこ》は、真《ま》っ赤《か》になったほおを両手《りょうて》で押《お》さえる。

（はー……あせった……）

と、そのとき。

「あの」

うしろから声《こえ》をかけられ、ふりかえると。

そこに、杉本真央《すぎもとまお》が立《た》っていた。

「これ以上《いじょう》、一《いち》ノ瀬《せ》先輩《せんぱい》に近《ちか》づかないでもらえますか」

人気《ひとけ》のない体育館《たいいくかん》の裏手《うらて》で、真央《まお》はかたい声《こえ》でそう言《い》った。

「……え？」

「私《わたし》、中学《ちゅうがく》のとき、拓海《たくみ》くんと一《いち》ノ瀬《せ》先輩《せんぱい》の関係《かんけい》をこわしてしまったんです」

「……どういうこと？」

仁菜子《になこ》は意味《いみ》がわからず聞《き》きかえした。真央《まお》は、深刻《しんこく》な顔《かお》でつづけた。

「私《わたし》が——一《いち》ノ瀬《せ》先輩《せんぱい》に近《ちか》づくために、拓海《たくみ》くんを利用《りよう》したから」

それは、拓海《たくみ》が前《まえ》に言《い》っていたことと同《おな》じ。

『彼女《かのじょ》がホントに好《す》きだったやつは俺《おれ》の親友《しんゆう》で、そいつに近《ちか》づくために、仲《なか》のよかった俺《おれ》を利用《りよう》したんだ』

「じゃあ、安堂《あんどう》くんの親友《しんゆう》って、蓮《れん》くん？」

知《し》らなかった。

だって、今《いま》はふたり——ただのふつうの友《とも》だちにしか見《み》えない。

ううん、それより、もっと距離《きょり》があるような。

(いつも安堂《あんどう》くんが、ちょっと気《き》に入《い》らないような顔《かお》で蓮《れん》くんを見《み》ていて……)

じゃあ、あれは——……。

だまりこむ仁菜子《になこ》に、真央《まお》は言《い》う。

「私《わたし》が、放課後《ほうかご》の教室《きょうしつ》で、一ノ瀬先輩《いちのせせんぱい》にキスしているところを、拓海《たくみ》くんに見《み》られてしまって」

「…………」

「でも、一ノ瀬先輩《いちのせせんぱい》やさしいから、親友《しんゆう》の彼女《かのじょ》と付《つ》き合《あ》うなんてできなくて。結局《けっきょく》はうまくいきませんでした」

真央《まお》は、ふっと顔《かお》をそらせて遠《とお》くを見《み》た。

「けど、親友《しんゆう》だったふたりの間《あいだ》には、距離《きょり》ができてしまいました。そのことに関《かん》してはほんとうに後悔《こうかい》しています」

そう言《い》ってから、また仁菜子《になこ》の顔《かお》を見《み》つめる。

「だからこの間《あいだ》、一ノ瀬先輩《いちのせせんぱい》のことが好《す》きか、きいたんです」

「え？」

「もしそうなら――その気持《きも》ちは、一ノ瀬先輩《いちのせせんぱい》を困《こま》らせるだけです。私《わたし》のときと同《おな》じように。きっとふたりの距離《きょり》は、今《いま》よりももっとひらいてしまう……」

仁菜子《になこ》は、息《いき》をのんだ。

「だからこれ以上《いじょう》、一ノ瀬先輩《いちのせせんぱい》に近《ちか》づかないでください」

そう言《い》って――真央《まお》は立《た》ち去《さ》っていった。

取《と》り残《のこ》された仁菜子《になこ》は、くちびるをかみしめる。

胸《むね》に、するどいトゲが刺《さ》さったような気《き》がした。


十月《がつ》に入《はい》り、いよいよ文化祭《ぶんかさい》の準備《じゅんび》が始《はじ》まった。

カラフルな看板《かんばん》や衣装《いしょう》をつくっている生徒《せいと》たちが廊下《ろうか》や中庭《なかにわ》を占領《せんりょう》している。

講堂《こうどう》で発表《はっぴょう》する文化系《ぶんかけい》クラブやグループの練習《れんしゅう》の声《こえ》も、あちこちから流《なが》れてくる。

二年四組《ねんくみ》は定番《ていばん》のお化《ば》け屋敷《やしき》に決《き》まり、ハロウィンふうのかざりつけをクラス総出《そうで》でつくり始《はじ》めていた。

教室《きょうしつ》で、ポスターづくりの仕事《しごと》をしていた仁菜子《になこ》は、筆洗《ひっせん》の水《みず》をかえに廊下《ろうか》へ出《で》た。

階段《かいだん》をおりて、水道《すいどう》へむかう途中《とちゅう》で、ふと足《あし》をとめる。

校舎《こうしゃ》の軒先《のきさき》で、蓮《れん》と拓海《たくみ》が、一緒《いっしょ》に看板《かんばん》にペンキを塗《ぬ》っていた。

ごくふつうに、ときどき笑《わら》ったり、文句《もんく》を言《い》ったりしながら作業《さぎょう》している。

ふつうの友《とも》だち。

ただのクラスメート。

でも——それだけ。

『親友《しんゆう》だったふたりの間《あいだ》には、距離《きょり》ができてしまいました。そのことに関《かん》してはほんとうに後悔《こうかい》しています』

真央《まお》の言葉《ことば》がよみがえってきた。

もやもやとした気持《きも》ちをかかえながら、その場《ば》をはなれる。

廊下《ろうか》の水道《すいどう》で筆洗《ひっせん》の水《みず》を取《と》りかえていると、隣《となり》にだれかがやってきて、同《おな》じように筆《ふで》を洗《あら》い始《はじ》めた。

「なんかこんとこ元気《げんき》ない気《き》がするけど、どうかした？」

それは蓮《れん》だった。仁菜子《になこ》は一瞬言葉《いっしゅんことば》に詰《つ》まり、でもなんとか明《あか》るく返事《へんじ》をする。

「そう？　ぜんぜん元気《げんき》だよ？」

「……木下《きのした》さんが元気《げんき》ないと、気《き》になる」

蓮《れん》の言葉《ことば》に、仁菜子《になこ》は息《いき》を詰《つ》める。

うれしい。これが真央《まお》の話《はなし》を聞《き》く前《まえ》だったならどんなにうれしかっただろう。

でも――今《いま》の仁菜子《になこ》はもう、それを顔《かお》にだすことができない。

「……心配《しんぱい》してくれてありがとう。でもほんとうに元気《げんき》だから」

「そっか……」

沈黙《ちんもく》が流《なが》れる。

しばらく無言《むごん》で、ふたりならんで洗《あら》い物《もの》をしていたが、結局口《けっきょくくち》をひらいたのは仁菜子《になこ》のほうだった。

「……あのさ……蓮《れん》くんと安堂《あんどう》くんって、中学《ちゅうがく》のときどうだったの？」

蓮《れん》は少《すこ》しおどろいたようだったが、やがて、なぜか少《すこ》しうれしそうに言《い》った。

「俺《おれ》、こんなだから——昔《むかし》はかなり孤立《こりつ》してたんだ。あんまり自分《じぶん》のこと話《はな》すの得意《とくい》じゃないから誤解《ごかい》されやすいっていうか」

たしかに——そうかもしれない。

（私《わたし》も最初《さいしょ》は、もっと冷《つめ》たい人《ひと》かなと思《おも》ってたもんね……）

本人《ほんにん》はただふつうにしているだけなのに、女《おんな》の子《こ》たちにキャーキャー言《い》われているのを、悪《わる》く言《い》う男子《だんし》もいた気《き》がする。

「自分《じぶん》では、そんなのはどうでもいいって思《おも》ってた。でも、そんな俺《おれ》に、へっちゃらで話《はな》しかけてきたのが安堂《あんどう》」

そのときのことを思《おも》いだしたのか、蓮《れん》の口元《くちもと》がゆるむ。

「俺《おれ》もひねくれてて——『俺《おれ》としゃべるといろいろ言《い》われるよ』なんて言《い》っちゃったんだけどさ、そのときあいつは『俺《おれ》は、しゃべりたいやつとしゃべるよ』って」

安堂《あんどう》くんらしいな、と仁菜子《になこ》は思《おも》う。

軽薄《けいはく》で、いつもへらへらしてるように見《み》えるけど——ほんとうはとてもやさしくて、いろんな人《ひと》のことをちゃんと見《み》ている。

「あいつはなんの気《き》なしに言《い》ったんだろうけど、正直《しょうじき》うれしかった。そのとき俺《おれ》は『孤立《こりつ》してもいい』なんて、ただ平気《へいき》なフリをしてただけだってことに気《き》づいたんだ」

そう言《い》って、仁菜子《になこ》を見《み》た。とてもやさしい顔《かお》だった。

「あの場所《ばしょ》から俺《おれ》をひきあげてくれたのは、安堂《あんどう》なんだ」

仁菜子《になこ》は——泣《な》きそうになった。

(蓮《れん》くんは安堂《あんどう》くんを、私《わたし》が考《かんが》えていたより——外《そと》から見《み》えるより、ずっと大事《だいじ》に思《おも》ってる……)

『もしそうなら——その気持《きも》ちは、一ノ瀬先輩《いちのせせんぱい》を困《こま》らせるだけです。私《わたし》のときと同《おな》じように』

ほんとうにそうだ。

あの子《こ》の言《い》うとおりだ——。

「こんな話《はなし》したの、木下《きのした》さんが初《はじ》めて」

蓮《れん》はそう言《い》って笑《わら》ったが、もう仁菜子《になこ》は彼《かれ》の顔《かお》が見《み》られなかった。

逃《に》げるように筆洗《ひっせん》を両手《りょうて》にさげて、背《せ》をむけてしまう。

「木下《きのした》さんじゃなきゃ、言《い》わなかったよ」

追《お》いかけるように蓮《れん》の声《こえ》がした。

「うん。話《はな》してくれてありがとう」

そう言《い》うのが精一杯《せいいっぱい》だった。仁菜子《になこ》はそのまま、教室《きょうしつ》へと足早《あしばや》にもどっていった。


蓮《れん》が、拓海《たくみ》に、一方的《いっぽうてき》に言《い》われているのが少《すこ》し不思議《ふしぎ》だと思《おも》ったことはあった。

あんなにからまれているのに、本気《ほんき》でイヤそうでもないのはなぜだろうと。

それは——蓮《れん》の中《なか》の後悔《こうかい》のせいなのだろう。

花火大会《はなびたいかい》の日《ひ》、たしか拓海《たくみ》は『親友《しんゆう》と彼女《かのじょ》がキスしているのを見《み》た』と言《い》っていた。

蓮《れん》が、友《とも》だちの彼女《かのじょ》に、そんなことをするはずがないと思《おも》う。

きっと、なにか事情《じじょう》があるのだろう。

でも。それでも。

自分《じぶん》を救《すく》ってくれた大切《たいせつ》な親友《しんゆう》を、傷《きず》つけてしまったということは変《か》わらないから。

だから——そのことが、蓮《れん》の中《なか》にもまだ、傷《きず》として残《のこ》っているのだ。

(でも、きっと今《いま》でも蓮《れん》くんにとっての安堂《あんどう》くんは、親友《しんゆう》で、恩人《おんじん》で——……)


急《きゅう》に降《ふ》りだした雨《あめ》が、校庭《こうてい》をたたいていく。

文化祭《ぶんかさい》の準備《じゅんび》は中断《ちゅうだん》し、生徒《せいと》たちはおおさわぎで、塗《ぬ》りかけの看板《かんばん》や張《は》りぼてを屋根《やね》の下《した》へ運《はこ》び入《い》れていた。

傘《かさ》を持《も》ってこなかった仁菜子《になこ》は、そのまま校舎《こうしゃ》を出《で》て、正門《せいもん》へと歩《ある》きだす。

秋口《あきぐち》の冷《つめ》たい雨《あめ》が、髪《かみ》と肩《かた》にしみこんでくる。

でも——今日《きょう》は、このままぬれていきたい気持《きも》ちだった。


「仁菜子《になこ》チャン」

ふいに、うしろから傘《かさ》がさしかけられる。

ふりかえると、拓海《たくみ》が立《た》っていた。

拓海《たくみ》は、少《すこ》しさびしそうに笑《わら》う。

「……どうしたら、俺《おれ》は、蓮《れん》を越《こ》えられるの？」

「…………」

「どんなふうに想《おも》えば、俺《おれ》を好《す》きになってくれるの？」

「安堂《あんどう》くん……」

仁菜子《になこ》は答《こた》えられなかった。

思《おも》わずかけだそうとすると、拓海《たくみ》に腕《うで》をつかんでひきとめられる。

そして彼《かれ》は、仁菜子《になこ》の手《て》に傘《かさ》をにぎらせると、そのまま雨《あめ》の中《なか》を走《はし》り去《さ》っていってしまった。

10・文化祭《ぶんかさい》

からりと晴《は》れあがった秋晴《あきば》れの空《そら》に、色《いろ》とりどりの風船《ふうせん》が舞《ま》いあがる。

「FESTIVAL《フェスティバル》」と書《か》かれたアーチが校門《こうもん》に取《と》りつけられ、校舎《こうしゃ》もカラフルにかざりつけられ、いよいよ光陽台高校《こうようだいこうこう》の文化祭《ぶんかさい》が始《はじ》まった。

校門《こうもん》の前《まえ》では仮装《かそう》した生徒《せいと》たちが、来場者《らいじょうしゃ》に会場《かいじょう》マップやチラシを配《くば》っている。

模擬店《もぎてん》からはクレープや焼《や》きそばのにおいがただよい、ここぞとばかりに羽目《はめ》を外《はず》した笑《わら》い声《ごえ》や歌声《うたごえ》が、学校中《がっこうじゅう》にひびき渡《わた》っていた。


「お化《ば》け屋敷《やしき》やってまーす」

「〝ゴーストパーク〟へようこそ！」

ドラキュラと魔女《まじょ》の仮装《かそう》をした大樹《だいき》やつかさたちが、ごったがえす廊下《ろうか》でチラシを配《くば》って歩《ある》いている。

「安堂《あんどう》くん、サボってないで！」

「俺《おれ》まだ当番《とうばん》じゃないからー」

鋲《びょう》を打《う》った革《かわ》ジャンに黒《くろ》いアイメイクで、パンクっぽい悪魔《あくま》に仮装《かそう》している拓海《たくみ》は、すれちがったさゆりにとがめられ、へらっと笑《わら》った。

「ぜんぜんお客《きゃく》さんこないんだよ、暇《ひま》なんだったら呼《よ》びこみやってよ」

「あとでいくからさー」

ほかのクラスの生徒《せいと》たちから受《う》けとった何枚《なんまい》ものチラシをひらひらさせながら、拓海《たくみ》はさゆりに手《て》をふった。

そのまま、渡《わた》り廊下《ろうか》にさしかかったとき。

真下《ました》の通路《つうろ》に真央《まお》の姿《すがた》を見《み》かけ、思《おも》わず足《あし》をとめてしまう。

赤《あか》いポロシャツに水玉《みずたま》のミニスカートは、彼女《かのじょ》のクラスのユニフォームだろうか。模擬《もぎ》店《てん》のチラシを配《くば》っているようだった。

もう関係《かんけい》ない、と、目《め》をそらそうとする。

だが、そのとき、真央《まお》の手《て》からチラシを受《う》けとった男子生徒《だんしせいと》が、急《きゅう》に彼女《かのじょ》の腕《うで》をつかむのが見《み》えた。学《がく》ランを着《き》ている。他校生《たこうせい》のようだ。

「なにこれ、ポップコーン？　いいじゃん、俺《おれ》と食《た》べようぜ」

「あっ、あの、私《わたし》、まだこれを配《くば》らないと」

「こんなのほっとけって」

男《おとこ》は真央《まお》の手《て》からチラシをもぎ取《と》ると、その場《ば》へ投《な》げ捨《す》てた。

「さぁ、いこういこう」

そう言《い》うと、真央《まお》の肩《かた》になれなれしく手《て》をまわし、人《ひと》ごみの中《なか》を歩《ある》きだす。

「いやっ、はなして！」

助《たす》けを求《もと》めるような真央《まお》の目《め》と、拓海《たくみ》の目《め》が合《あ》った。

拓海《たくみ》は、一瞬《いっしゅん》立《た》ちすくみ——それから、そこをはなれた。

そのころ。

二年《ねん》四組《くみ》のお化《ば》け屋敷《やしき》は、相変《あいか》わらず閑散《かんさん》としていた。

「お客《きゃく》さん、ぜんぜんこないね」

教室前《きょうしつまえ》の受付《うけつけ》で、コウモリの翼《つばさ》と小《ちい》さな角《つの》をつけた小悪魔《こあくま》のかっこうの仁菜子《になこ》は、ぽつりとつぶやく。

「そうだね」

隣《となり》に座《すわ》っているのは黒《くろ》いコート姿《すがた》の蓮《れん》だ。

ほんとうは、仁菜子《になこ》のペアの相手《あいて》は蓮《れん》ではなかったのに、クラスのだれかが気《き》を利《き》かせたのか、いつのまにかふたりきりにさせられていた。

でも――今《いま》は正直気《しょうじきき》が重《おも》いばかりだ。

仁菜子《になこ》は、蓮《れん》の顔《かお》を見《み》ないようにするのに必死《ひっし》だった。

「……あのさ、やっぱり木下《きのした》さん、元気《げんき》ない気《き》がするんだけど」

蓮《れん》が顔《かお》をのぞきこんでくる。

「そんなことないよっ」

あわてて椅子《いす》の上《うえ》に立《た》ちあがる。

「私《わたし》、呼《よ》びこみしよっ」

ジャック・オー・ランタンの顔《かお》がかかれたオレンジ色《いろ》のメガホンを持《も》って伸《の》びあがった。

「お化《ば》け屋敷《やしき》でーす！　楽《たの》しいですよー！」

けれども——蓮《れん》をごまかせなかった。

「俺《おれ》じゃだめかな」

あせったような、はにかむような口調《くちょう》で、彼《かれ》は言《い》う。

「少《すこ》しでも支《ささ》えになりたい。木下《きのした》さんが、俺《おれ》にしてくれたみたいに」

足《あし》が、ふるえる。

ほんとうに、これが一週間前《いっしゅうかんまえ》だったら。

でも、もう、仁菜子《になこ》には、それを受《う》けいれることができない。

「お化《ば》け屋敷《やしき》やってまーす！　見《み》にきてくださーい!!」

せめて聞《き》こえないふりをすることしか。

だから声《こえ》を張《は》りあげた。蓮《れん》の声《こえ》をかき消《け》すように。

「お化《ば》け屋敷《やしき》ですよー!!」

ぴょん！　と椅子《いす》の上《うえ》で跳《と》びはねた拍子《ひょうし》に、ぐらりと体《からだ》が傾《かたむ》く。

「**危《あぶ》ない！**」

とっさに、蓮《れん》が手《て》をさしのべてくれた。

彼《かれ》の腕《うで》の中《なか》に倒《たお》れこんでしまった仁菜子《になこ》は——苦《くる》しくて息《いき》ができなくなる。

ときめきも、喜《よろこ》びも、みんな苦《くる》しさに変《か》わっていく。

「だいじょうぶ？」

心配《しんぱい》そうに言《い》う蓮《れん》の手《て》をふりほどいて。

仁菜子《になこ》は、その場《ば》を逃《に》げだすことしかできなかった。


「もうだいじょうぶだろ！」

人影《ひとかげ》のほとんどない駐輪場《ちゅうりんじょう》に走《はし》りこみながら、拓海《たくみ》がふりかえる。

「う、うん……」

真央《まお》もうなずいた。ぜいぜいと息《いき》を切《き》らしたふたりは、そのまま、よろよろとコンクリートの柱《はしら》の根元《ねもと》にしゃがみこんだ。

「あー、こんな走《はし》ったのマジひさしぶりだわ」

結局《けっきょく》、拓海《たくみ》は真央《まお》を助《たす》けにいってしまった。あのガラの悪《わる》い他校生《たこうせい》をつきとばし、真央《まお》の手《て》をひいて、全速力《ぜんそくりょく》でここまで逃《に》げてきたのだ。

「……ありがとう、助《たす》けてくれて——うれしかった」

真央《まお》が、肩《かた》で息《いき》をしながら、切《き》れ切《ぎ》れに礼《れい》を言《い》った。

「別《べつ》にいいよ」

おもしろくもなさそうに拓海《たくみ》は返事《へんじ》をする。

「俺《おれ》、いろいろ考《かんが》えたんだ……あんたのことも、蓮《れん》のことも、あのとき俺《おれ》が逃《に》げなければ、失《うしな》わずにすんだかもしれないって。あのとき、もっとがんばってればよかったたって……」

ちらり、と、真央《まお》を見《み》る。

「だから、今俺《いまおれ》は、仁菜子《になこ》チャンに必死《ひっし》になれんだ」

真央《まお》は、何《なに》も言《い》わない。

「もう仁菜子《になこ》チャンに近《ちか》づくな。余計《よけい》なこと言《い》ったら、俺《おれ》が許《ゆる》さない」

じゃあ、と、拓海《たくみ》は立《た》ちあがり、真央《まお》に背《せ》をむけた。

「待《ま》って」

呼《よ》びとめられてふりかえると、真央《まお》は真剣《しんけん》な顔《かお》で拓海《たくみ》を見《み》あげていた。

「……私《わたし》、仁菜子《になこ》先輩《せんぱい》に全部話《ぜんぶはな》したの。私《わたし》が、拓海《たくみ》くんと一ノ瀬《いちのせ》先輩《せんぱい》の仲《なか》をこわしたこと」

「は？」

「――そうすれば、あの人《ひと》はもう、一ノ瀬《いちのせ》先輩《せんぱい》に近《ちか》づかないと思《おも》ったから」

「……あんた」

拓海《たくみ》は、すうっと血《ち》の気《け》がひくのを感《かん》じた。

「あんた、そこまでして、まだ蓮《れん》のこと」

「ちがう！」

真央《まお》ははげしく首《くび》を横《よこ》にふった。

「私《わたし》が好《す》きなのは――拓海《たくみ》くんなの」

真央《まお》の目《め》から、つうっと涙《なみだ》が流《なが》れる。

拓海《たくみ》は、ぽかん、と口《くち》をあけた。

それから、はっ、とバカにしたように笑《わら》った。

「なに言《い》ってんの？　自分《じぶん》のしたこと忘《わす》れたのかよ？　そうやって泣《な》けば、また俺《おれ》がだまされると思《おも》ってんの？」

「ちがう――あのキスは、私《わたし》が強引《ごういん》にしようとしたことで――それに、先輩《せんぱい》は私《わたし》の肩《かた》をとっさに押《お》さえたから、ほんとうはしてないの。拓海《たくみ》くんからはそう見《み》えなかったかもしれないけど」

拓海《たくみ》は、息《いき》をのんだ。

三年前《ねんまえ》。

夕暮《ゆうぐ》れの教室《きょうしつ》の窓《まど》ぎわで、キスをしている蓮《れん》と真央《まお》を見《み》てしまった。

蓮《れん》も、真央《まお》も、そのあとそのことをなにも言《い》わず。

だから――ずっと、ふたりにだまされていたのだと――そう思《おも》っていた。

「なんだよ……だって、あいつそんなこと一言《ひとこと》も……やってないならそう言《い》えばいいじゃんか……」

「一ノ瀬《いちのせ》先輩《せんぱい》は、拓海《たくみ》くんにはだまっておこうって……」

真央《まお》は、涙《なみだ》をこぼしながら言《い》った。

「私《わたし》が一方的《いっぽうてき》にしたことだって知《し》ったら、拓海《たくみ》くんはもっと傷《きず》つくから。だからだまっておこうって……」

自分《じぶん》が悪者《わるもの》になることで、拓海《たくみ》と真央《まお》の両方《りょうほう》をかばおうとしていたのか。

拓海《たくみ》は、なにも言《い》うことができなかった。

「最初《さいしょ》は私《わたし》、一ノ瀬《いちのせ》先輩《せんぱい》に近《ちか》づきたくて、それで拓海《たくみ》くんを利用《りよう》したんだと思《おも》う。一ノ瀬《いちのせ》先輩《せんぱい》には彼女《かのじょ》がいるの知《し》ってたし、どうしようもなくて。でも、拓海《たくみ》くんから好《す》きだって言《い》われて――親友《しんゆう》の彼女《かのじょ》って立場《たちば》なら、一ノ瀬《いちのせ》先輩《せんぱい》と仲《なか》よくなれるかなと思《おも》ってしまった」

ぼろぼろと泣《な》きながら、真央《まお》はつづける。

「あの日《ひ》、だれもいない教室《きょうしつ》で、先輩《せんぱい》とふたりきりになったとき、つい気持《きも》ちが暴走《ぼうそう》して、無理《むり》やりキスしようとしてしまって……でも……」

うつむいて、鼻《はな》をすすりながら。

「拓海《たくみ》くんと別《わか》れてから、私《わたし》、すごく後悔《こうかい》した。いつのまにか、私《わたし》、拓海《たくみ》くんのこと好《す》きになってた。一瞬《いっしゅん》の気持《きも》ちを我慢《がまん》できなかったせいで、一ノ瀬《いちのせ》先輩《せんぱい》も、拓海《たくみ》くんも傷《きず》つけて、取《と》りかえしのつかないことをしてしまった――だから、ずっと償《つぐな》いたかった」

「……それで、なんで仁菜子《になこ》チャンに……」

「ずっと拓海《たくみ》くんのためになにかしたくて、でも、もうあのふたりの邪魔《じゃま》をすることぐらいしか思《おも》いつかなかった」

真央《まお》は安堂《あんどう》の顔《かお》を見《み》あげる。

「仁菜子先輩《になこせんぱい》が、一ノ瀬先輩《いちのせせんぱい》をあきらめたら、そうしたら、拓海《たくみ》くんとうまくいくかもしれないと思《おも》って……」

ごめんなさい、と、真央《まお》は言《い》った。その目《め》からまた涙《なみだ》があふれて、ぽたぽたと地面《じめん》に落《お》ちた。

拓海《たくみ》は、しばらくその真央《まお》の顔《かお》を見《み》つめていたが、やがて、ふう、とため息《いき》をついた。

「ずっと、苦《くる》しかった？」

問《と》いかけると、真央《まお》は肩《かた》をふるわせながらうなずいた。

「……なら、もういい」

そっと、真央《まお》の肩《かた》をたたいた。

「自分《じぶん》の好《す》きだったやつが、ちゃんと心《こころ》の痛《いた》むやつだってわかったから、もうそれでいい」
そう言《い》って――拓海《たくみ》は、少《すこ》し笑《わら》った。

11・本当《ほんとう》の気持《きも》ち

「閉会式《へいかいしき》と、表彰式《ひょうしょうしき》を行《おこな》います。生徒《せいと》の皆《みな》さんは、校庭《こうてい》に集合《しゅうごう》してください」

文化祭実行委員《ぶんかさいじっこういいん》のアナウンスが流《なが》れ、教室《きょうしつ》を片《かた》づけていた生徒《せいと》たちはその手《て》をとめて、いっせいにグラウンドへと歩《ある》きだす。

光陽台祭《こうようだいさい》は、無事《ぶじ》に閉幕《へいまく》を迎《むか》えた。

校庭《こうてい》の真《ま》ん中《なか》につくられたステージのまわりに、生徒《せいと》たちがどんどん集《あつ》まってきている。

仁菜子《になこ》は、それを、だれもいなくなった二年《ねん》四組《くみ》の教室《きょうしつ》から見《み》おろしていた。

さゆりたちは、仁菜子《になこ》をさがしているかもしれない。

でも——今《いま》、どうしても、仁菜子《になこ》は笑顔《えがお》になれなかった。

あの中《なか》にいけば——蓮《れん》にも会《あ》ってしまうだろう。

どんな顔《かお》をして、彼《かれ》に会《あ》えばいいのかわからない。

ふう、と、湿《しめ》ったため息《いき》をついたとき——いきなり勢《いきお》いよく教室《きょうしつ》の扉《とびら》がひらいた。

「俺《おれ》、なにかした？」

飛《と》びこんできたのは蓮《れん》だった。肩《かた》で息《いき》をしている。

もしかして、あれからずっと仁菜子《になこ》をさがしまわっていたのだろうか。

仁菜子《になこ》はあわてて窓辺《まどべ》からはなれた。うしろのロッカーにかけより、カバンをつかんで、教室《きょうしつ》から出《で》ていこうとした。

「どうして避《さ》けるの？」

うしろから蓮《れん》に腕《うで》をつかまれる。

「避《さ》けてなんかないよ」

「今《いま》だって、目《め》も合《あ》わせようとしないじゃん」

のぞきこまれるが、仁菜子《になこ》は必死《ひっし》に顔《かお》をそむけることしかできなかった。

「俺《おれ》、俺《おれ》——木下《きのした》さんが好《す》きだよ」

蓮《れん》が、決心《けっしん》したように言《い》った。

仁菜子《になこ》は歯《は》を食《く》いしばる。

聞《き》きたくない。

いちばん聞《き》きたかった、夢《ゆめ》にまで見《み》た言葉《ことば》を、今《いま》は聞《き》きたくなかった。

「木下《きのした》さんの存在《そんざい》が、俺《おれ》の中《なか》でどんどん大《おお》きくなって……ただ、麻由香以外《まゆかいがい》のだれかのことは、努力《どりょく》して消《け》すのが当《あ》たり前《まえ》だと思《おも》ってて――」

でも、努力《どりょく》しても少《すこ》しも消《き》えなかった、と。

蓮《れん》はかすれた声《こえ》で言《い》った。

「俺《おれ》と、付《つ》き合《あ》ってほしい」

仁菜子《になこ》はふるえる。

努力《どりょく》して消《け》すのが当《あ》たり前《まえ》。

今《いま》、まさに、仁菜子《になこ》は蓮《れん》への想《おも》いを、努力《どりょく》して消《け》そうとしているのに。

なのにどうして。

どうして。

どうしてすべてのことが、こんなにもうまくいかないんだろう。

「帰《かえ》らないと」

目《め》をそらしたまま手《て》をふりほどき、走《はし》りだそうとする仁菜子《になこ》を、けれども蓮《れん》は逃《に》がさなかった。そのまま壁《かべ》に押《お》さえつけられてしまう。

「……まだ返事《へんじ》聞《き》いてない」

なにも言《い》えない。

「答《こた》えてくれるまで帰《かえ》さない」

答《こた》えられない。

あせったような蓮《れん》の声《こえ》。ほおにかかる息《いき》。

何度《なんど》も夢見《ゆめみ》たはずの、放課後《ほうかご》の告白《こくはく》。

でも――……。

「もう、ヤダっ……！」

仁菜子《になこ》は叫《さけ》んでいた。

「私《わたし》にだって、いろいろあるのっ！」

その声《こえ》に――蓮《れん》は我《われ》にかえったように身《み》をひいた。

「ごめん」

傷《きず》ついたような声《こえ》。
仁菜子《になこ》はくちびるをかみしめる。
「追《お》いつめるつもりじゃなかった。あせってこんなことしても困《こま》らせるだけなのに」
苦《くる》しそうに笑《わら》って。
蓮《れん》は、もう一度《いちど》、ごめん、と言《い》った。
そして、そのまま教室《きょうしつ》を出《で》ていってしまった。

仁菜子《になこ》の目《め》から、一気《いっき》に涙《なみだ》がこぼれる。
(なにも悪《わる》くない蓮《れん》くんに、ごめん、って言《い》わせて)
いったい自分《じぶん》はなにをしているんだろう。
(私《わたし》がなにも答《こた》えられない理由《りゆう》ってどこにあるの……)

蓮《れん》への気持《きも》ちはなにも変《か》わっていないのに。
それどころか、強《つよ》くなる一方《いっぽう》なのに。

拓海《たくみ》と蓮《れん》の関係《かんけい》を、元《もと》にもどしたいから？

ふたりにまた、親友《しんゆう》にもどってほしいから？

――ほんとうに、それだけだろうか。

……なんだかちがう気《き》がする。

でも――それがなにかわからない。


仁菜子《になこ》はふらふらと窓《まど》ぎわまで歩《ある》いた。

校庭《こうてい》では、模擬店優秀賞《もぎてんゆうしゅうしょう》の表彰式《ひょうしょうしき》が始《はじ》まっている。

ステージの上《うえ》に立《た》った文化祭実行委員長《ぶんかさいじっこういいんちょう》がクラス名《めい》を読《よ》みあげるたび、集《あつ》まった生徒《せいと》たちから、わあっ、と歓声《かんせい》と拍手《はくしゅ》がわきおこる。

その校庭《こうてい》に沿《そ》って、正門《せいもん》へとつづく歩道《ほどう》を。

蓮《れん》が、ひとり歩《ある》いていくのが見《み》えた。

背《せ》の高《たか》い彼《かれ》が、少《すこ》し肩《かた》を落《お》として、傾《かたむ》きかけた陽《ひ》の下《した》を、ゆっくりと歩《ある》いていく。

ふと、彼《かれ》が足《あし》をとめた。

こちらをふりかえる。

仁菜子《になこ》はあわてて、カーテンの陰《かげ》に身《み》を隠《かく》した。

そうしながら——また、ぼろぼろと涙《なみだ》をこぼした。


見《み》あげた教室《きょうしつ》の窓《まど》で、不自然《ふしぜん》にカーテンがシワになっている。

蓮《れん》は、ため息《いき》をひとつついた。

あのむこうに、仁菜子《になこ》がいるのはわかっていた。

ことわられるとは——思《おも》っていなかった。

そんな自分《じぶん》が恥《は》ずかしい。

最初《さいしょ》に彼女《かのじょ》が告白《こくはく》してきたとき、ことわったのは蓮《れん》のほうだったのに。

そのあともずっと、彼女《かのじょ》が自分《じぶん》を好《す》きでいつづけてくれるなんて——思《おも》いあがりだったのかもしれない。

「表彰式《ひょうしょうしき》は以上《いじょう》です。このあと後夜祭《こうやさい》にうつります。まだ教室《きょうしつ》に残《のこ》っている生徒《せいと》の皆《みな》さんは、すぐに校庭《こうてい》のほうへ集合《しゅうごう》してください」

再《ふたた》びアナウンスが流《なが》れた。

だが蓮《れん》は、ふりかえりもせずに、まっすぐに正門《せいもん》を目指《めざ》した。

どこにいっていたのか、正面《しょうめん》から、ふらふらと拓海《たくみ》が歩《ある》いてくるのが見《み》える。

よお、と片手《かたて》をあげてすれちがおうとする彼《かれ》に、蓮《れん》は言《い》った。

「……フラれた」

拓海《たくみ》は、さすがにぎょっとした顔《かお》で立《た》ちどまる。

「なんで!?」

「なんでって……俺《おれ》じゃダメってことだろ」

そのまま歩《ある》き去《さ》ろうとする蓮《れん》の前《まえ》に、拓海《たくみ》はまわりこんできた。

真正面《ましょうめん》から蓮《れん》を見《み》つめる。

「じゃあ、俺《おれ》が仁菜子《になこ》チャンに告白《こくはく》する番《ばん》だな」

拓海《たくみ》の言《い》いたいことはわかっていた。

でも——もう、しかたがない。

仁菜子《になこ》が拓海《たくみ》を選《えら》ぶなら——それで。

蓮《れん》は、無言《むごん》のまま、拓海《たくみ》を押《お》しのけるように歩《ある》きだす。

「いいんだな！」

うしろから、念《ねん》を押《お》すような拓海《たくみ》の声《こえ》がした。

でも——もう蓮《れん》はふりかえらなかった。

仁菜子《になこ》は、西日《にしび》のさす教室《きょうしつ》で、ぼんやりと座《すわ》っていた。

クラスメートたちはだれももどってこない。

部屋《へや》のかざりつけも、四《よっ》つずつ田《た》の字形《じがた》に合《あ》わせてならべられた机《つくえ》もそのままだ。

仁菜子《になこ》が今座《いますわ》っている席《せき》は、蓮《れん》がいつも使《つか》っている机《つくえ》だった。

机《つくえ》の手前《てまえ》の縁《へり》に、少《すこ》し大《おお》き目《め》の傷《きず》があるからすぐわかるのだ。

仁菜子《になこ》は机《つくえ》に顔《かお》を伏《ふ》せる。

ときどき、蓮《れん》がこうして——いねむりしているのを思《おも》いだす。

「……そこ、蓮《れん》の席《せき》だけど」

いきなり拓海《たくみ》の声《こえ》がした。

ふりかえると、彼《かれ》が入《い》り口《ぐち》に立《た》っていた。仁菜子《になこ》は笑《わら》ってごまかしながら立《た》ちあがる。

「まちがえちゃって」

カバンを手《て》に取《と》ろうとした仁菜子《になこ》に、拓海《たくみ》が近《ちか》づいてきた。

「蓮《れん》のこと、あきらめるの？」

顔《かお》をのぞきこまれ、言葉《ことば》に詰《つ》まる。

拓海《たくみ》は、あきれたように、机《つくえ》に腰《こし》かけながら言《い》った。

「なに？　俺《おれ》がかわいそうになっちゃった？　真央《まお》に全部《ぜんぶ》聞《き》いたんでしょ？　二度《ど》も蓮《れん》に負《ま》ける俺《おれ》に同情《どうじょう》しちゃった？」

「そういうわけじゃない……」

はっ、と、拓海《たくみ》は笑《わら》う。

「どうせ俺《おれ》の気持《きも》ちには応《こた》えられないくせに。俺《おれ》にいい顔《かお》してどうすんの？」

「………………」

仁菜子《になこ》は答《こた》えられない。

拓海《たくみ》は、少《すこ》し身《み》をひきながら視線《しせん》をはずした。

「蓮《れん》と仁菜子《になこ》チャンって、そういうとこホントそっくり。人《ひと》のために無理《むり》して我慢《がまん》して、そんな自分《じぶん》に酔《よ》ってるところ――そんなのただの自己満足《じこまんぞく》なんだよ」

また、じっと目《め》を見《み》つめられる。

ちがう、と言《い》いたかったけれど、言《い》いかえせなかった。

拓海《たくみ》は、はあ、とひとつ大《おお》きなため息《いき》をついて、机《つくえ》から立《た》ちあがった。

「でもずいぶんハンパじゃん？　ほんとうに俺《おれ》がかわいそうなら」

いきなり彼《かれ》の手《て》が伸《の》びて、頭《あたま》をかかえよせられた。

くちびるに、柔《やわ》らかいものがふれる。

キスされた、と思《おも》った瞬間《しゅんかん》に、仁菜子《になこ》は拓海《たくみ》をつきとばしていた。

「俺《おれ》と付《つ》き合《あ》ってよ」

背《せ》をむけて逃《に》げようとする仁菜子《になこ》に、拓海《たくみ》は言《い》う。

仁菜子《になこ》はふりむきざま、彼《かれ》に右手《みぎて》をふりあげた。

——でも。

拓海《たくみ》は、それをよけようともせず、ただ目《め》をとじてそこに立《た》っている。

仁菜子《になこ》は——ふりあげた手《て》で、そっと拓海《たくみ》のほおにふれた。

「……わざとだ」

そうだ。仁菜子《になこ》にはわかってしまった。

「わざと自分《じぶん》が嫌《きら》われるようなことしたんでしょ？　私《わたし》が、蓮《れん》くんのところにいけるように」

「なに言《い》ってんの」

拓海《たくみ》はごまかすように笑《わら》ったが、仁菜子《になこ》はもうだまされないと思《おも》う。

「私《わたし》……蓮《れん》くんにふられて、友《とも》だちでいいから一緒《いっしょ》にいたいって思《おも》って……でも、それがつらくって、どんどん欲《よく》が出《で》てくる自分《じぶん》がイヤになって……」

「いいんだよ、それで」

拓海《たくみ》は笑《わら》った。

「人《ひと》を好《す》きになるって、楽《たの》しいだけじゃない。つらくて痛《いた》いことなんだよ」

そう言《い》いながら視線《しせん》を宙《ちゅう》にむける拓海《たくみ》は、仁菜子《になこ》をなぐさめながら、自分自身《じぶんじしん》に言《い》い聞《き》かせているようにも見《み》えた。

仁菜子《になこ》の目《め》から——ぼろぼろと涙《なみだ》がこぼれる。

「私《わたし》……『好《す》き』の意味《いみ》がわかってなかった……結局《けっきょく》、自分《じぶん》を守《まも》ってただけだった……」

蓮《れん》のためとか、拓海《たくみ》のためとか、そんなのは建前《たてまえ》で。

結局《けっきょく》、自分《じぶん》が悪者《わるもの》になりたくなかっただけ。

「ごめんね……こんな、こんなことさせちゃってごめんなさい……」

泣《な》きながら、拓海《たくみ》に頭《あたま》をさげる。

「私《わたし》、もう安堂《あんどう》くんにいい顔《かお》しない。私《わたし》は——蓮《れん》くんが好《す》きだから」

ほかのだれかを傷《きず》つけることになっても。

「蓮《れん》くんが——好《す》きだから」

拓海《たくみ》は、ふうっ、と息《いき》をはいて、少《すこ》し笑《わら》った。

そして、ぽん、と、仁菜子《になこ》の頭《あたま》に手《て》をのせて、それから額《ひたい》に軽《かる》くキスをした。

「いきな——走《はし》ればきっと、蓮《れん》に追《お》いつく」

仁菜子《になこ》は、うなずいた。
そして、カバンも持《も》たないまま——教室《きょうしつ》を走《はし》りでていった。

12. ひとまわりした恋《こい》

走《はし》れ。
もっと速《はや》く。
（今《いま》なら――まだ、蓮《れん》くんに追《お》いつく――……）
まだ文化祭《ぶんかさい》のかざりつけがそのままの廊下《ろうか》をかけ抜《ぬ》け。
階段《かいだん》を転《ころ》がるようにかけおりて。
仁菜子《になこ》は走《はし》った。
後夜祭《こうやさい》の開会式《かいかいしき》で盛《も》りあがる校庭《こうてい》をふりかえりもせずに。

「仁菜子《になこ》、どうしたの!?」

走《はし》る仁菜子《になこ》に気《き》づいたさゆりとつかさ、それに大樹《だいき》が、まだハロウィンの仮装《かそう》をしたままかけよってきたが、やっぱり仁菜子《になこ》は立《た》ちどまらない。

「私《わたし》、いってくる！」

そう言《い》いのこして、正門《せいもん》へ向《む》かう。

「いってきな！」

「ファイトー！」

多分《たぶん》なにかに気《き》づいたのだろう、さゆりと大樹《だいき》のエールが聞《き》こえた。

拓海《たくみ》は、教室《きょうしつ》の窓《まど》から、仁菜子《になこ》が走《はし》っていくのを見《み》ていた。

かっこうつけてはみたけれど、やっぱりくやしくて、悲《かな》しくて。

男《おとこ》のくせにみっともないとは思《おも》うけど、涙《なみだ》がこぼれてくる。

（ほんとうに、最後《さいご》まで、一度《いちど》も俺《おれ》にはふりむかなかったなぁ……）

ずるずると窓辺《まどべ》に座《すわ》りこみ、ふっ、と笑《わら》ってしまったとき。

「お人好《ひとよ》し」

真央《まお》の声《こえ》がした。

あわてて立《た》ちあがり、顔《かお》をそむけて袖《そで》で涙《なみだ》を拭《ふ》いた。

「うるさい」

どうやら真央《まお》は、廊下《ろうか》で様子《ようす》を見《み》ていたらしい。

教室《きょうしつ》に入《はい》ってきた彼女《かのじょ》を見《み》ないようにして、拓海《たくみ》は窓《まど》の外《そと》に目《め》をやった。

後夜祭《こうやさい》のオープニングセレモニーが始《はじ》まろうとしている。ステージの上《うえ》で、軽音楽部《けいおんがくぶ》の人気《にんき》バンドがセッティングしているのが見《み》えた。

「今度《こんど》は私《わたし》の番《ばん》だから」

真央《まお》は、拓海《たくみ》の隣《となり》にならびながら、強気《つよき》な笑顔《えがお》で言《い》う。

「正々堂々《せいせいどうどう》、拓海《たくみ》くんにいくから」

拓海《たくみ》は肩《かた》をすくめた。

「今《いま》の俺《おれ》は、かんたんじゃないよ？」

おどけたように言《い》うと、真央《まお》も笑《わら》う。

「いいの。そのほうが、私《わたし》の本気《ほんき》が伝《つた》わるから」

ふたりは顔《かお》を見《み》あわせて――ふっ、と笑《わら》った。

仁菜子《になこ》は走《はし》っていた。

今《いま》伝《つた》えたい。
たくさん迷《まよ》って、たくさんまちがえて。
いったりきたりを繰《く》りかえしてきたけど――。
ただひとつ変《か》わらなかった、「好《す》き」という気《き》持《も》ちを。
今《いま》――伝《つた》えたい。

『二番線《ばんせん》、まもなく扉《とびら》しまります』
光陽台駅《こうようだいえき》の改札《かいさつ》にかけこんだ仁菜子《になこ》の耳《みみ》に、下《くだ》り電車《でんしゃ》の発車《はっしゃ》のアナウンスが聞《き》こえた。

「待《ま》って……」

蓮《れん》は、きっとあの電車《でんしや》にのっている。

「待《ま》って……！」

階段《かいだん》をかけおりる。

だが——その仁菜子《になこ》の目《め》の前《まえ》で、銀色《ぎんいろ》の車体《しやたい》は動《うご》きだしてしまった。

ぜい、ぜい、と、肩《かた》で息《いき》をしながら——仁菜子《になこ》はぼうぜんとその電車《でんしや》を見送《みおく》る。

(間《ま》に合《あ》わなかった……)

また、間《ま》に合《あ》わなかった。

どうして、いつも、うまくいかないんだろう。

仁菜子《になこ》は、涙《なみだ》をこらえて顔《かお》をあげる。

足《あし》をひきずるように、ホームのベンチへ歩《ある》こうとしたとき。

目《め》の端《はし》に——制服《せいふく》を着《き》た、男《おとこ》の子《こ》の姿《すがた》がうつった。

「……！」

ホームのむこうの端《はし》に——蓮《れん》が立《た》っている。

おどろいたような顔《かお》で、仁菜子《になこ》を見《み》ている。

「蓮《れん》くん！」

「木下《きのした》さん！」

蓮《れん》が走《はし》ってくる。

仁《に》菜《な》子《こ》も走《はし》りだした。


だれもいないホームで、仁菜子《になこ》と蓮《れん》はむきあっていた。

「蓮《れん》くん、どうして……」

「電車《でんしゃ》にのったら——近《ちか》くの人《ひと》のイヤホンから、あの——木下《きのした》さんと聞《き》いた、あの曲《きょく》がもれてて……そしたら、いろんなこと思《おも》いだして……気《き》づいたら、おりてた」

蓮《れん》が、そのままなにか言《い》おうとした。

でも、仁菜子《になこ》はそれをさえぎるように言《い》った。

「あのねっ！　私《わたし》！　蓮《れん》くんに聞《き》いてほしいことがあるの！」

そう――自分《じぶん》から言《い》わなくては。

「うまく言《い》えないかもしれないけど、聞《き》いてほしい」

「うん」

蓮《れん》がうなずく。その目《め》を見《み》ただけで、仁菜子《になこ》は涙《なみだ》があふれてきてしまう。

「………」

「ゆっくりでいいよ、ちゃんと聞《き》いてるから」

声《こえ》を詰《つ》まらせる仁菜子《になこ》を見《み》つめ、蓮《れん》は言《い》う。

仁菜子《になこ》は必死《ひっし》に息《いき》を整《ととの》え、言葉《ことば》をさがした。

「蓮《れん》くんに、好《す》きって言《い》ってもらえたとき――ほんとうはすっごくうれしくて……でも、受《う》けいれたら傷《きず》つく人《ひと》がいるって思《おも》って……でもそれは言《い》い訳《わけ》で……」

どうしよう。うまく言《い》えてないかもしれない。

ちゃんと言《い》いたいのに。

「私《わたし》、ただ、自分《じぶん》を守《まも》ってただけなんじゃないかなって……」

「だいじょうぶだよ……」

蓮《れん》が、うなずいてくれた。

「ちゃんと、聞《き》いてる」

その声《こえ》にはげまされて、仁《に》菜《な》子《こ》は大《おお》きく息《いき》を吸《す》いこむ。

「私《わたし》……ずっと、がんばり方《かた》まちがえてた」

涙《なみだ》をぬぐう。

「ほんとうは、蓮《れん》くんと、用《よう》がなくても電《でん》話《わ》したり、メールしたり……カフェでデートしたり……ケーキ半分《はんぶん》こして……でも、私《わたし》のほうがたくさん食《た》べちゃって……」

ああ――なにを言《い》ってるのかわからない。

そう思《おも》うと――また言《こと》葉《ば》がつづかなくなる。

でも、蓮《れん》はやさしく笑《わら》った。

「……そしたら、しょうがないなって、俺《おれ》のぶん分《わ》けてあげるよ」

「……！」

(覚《おぼ》えていてくれたんだ……)

蓮《れん》は、腰《こし》をかがめると、そっと仁菜子《になこ》の手《て》をにぎった。

「歩《ある》くときは、言葉《ことば》がなくても、自然《しぜん》に手《て》をつなごう」

そうだ。ずっと――ずっとそうしたかった。

仁菜子《になこ》は、鼻《はな》をすすりながらうなずく。

「私《わたし》にだっていろいろある、って言《い》ったけど――いろいろなんてない……ひとつしかないの……」


そう。伝《つた》えたかったのはひとつだけ。

ずっと変《か》わらなかったこの気持《きも》ち。


「**私《わたし》……蓮《れん》くんが好《す》きです**」


あのときと同《おな》じ言葉《ことば》を。

何倍《なんばい》もにふくらんだ思《おも》いをこめて、仁菜子《になこ》は言《い》った。

蓮《れん》は——小《ちい》さくうなずいた。
そっと手《て》が伸《の》びて——抱《だ》きしめられる。
「**俺《おれ》も、木下《きのした》さんが好《す》きだよ——大好《だいす》きだよ**」
やさしい声《こえ》。あたたかい胸《むね》。
仁菜子《になこ》は目《め》をとじて、蓮《れん》の背中《せなか》に手《て》をまわす。
ぎゅっとしがみつくと、また強《つよ》く抱《だ》きしめかえされて。

すき。
すき。すき。

夕陽《ゆうひ》の中《なか》で、ふたりはずっと、たがいの温《ぬく》もりを感《かん》じていた。
好《す》きな人《ひと》が、自分《じぶん》を好《す》きでいてくれる。
それが——こんなに幸《しあわ》せで、こんなにもあたたかい。

『恋《こい》って、どういう気持《きも》ちになるものなの？』

ずっと前《まえ》の、自分《じぶん》の言葉《ことば》に、今《いま》の仁菜子《になこ》は答《こた》えることができる。

その人《ひと》の笑顔《えがお》や、仕草《しぐさ》や、ほんのちょっとしたことで、どんどん『好《す》き』が積《つ》もっていくの。

意味《いみ》もなく泣《な》きたくなったり、胸《むね》になにか刺《さ》さったみたいに苦《くる》しくて。

——胸《むね》がキューッってなって、せつなくなって。

それが、恋《こい》。

あの日《ひ》終《お》わったはずの、仁菜子《になこ》の恋《こい》は——ぐるりとまわって、また始《はじ》まった。

終《お》わり

この本は、映画『ストロボ・エッジ』（二〇一五年三月公開／桑村さや香 脚本／東宝作品）をもとにノベライズしたものです。

また、映画『ストロボ・エッジ』は、マーガレットコミックス『ストロボ・エッジ』（咲坂伊緒／集英社）を原作として映画化されました。

集英社みらい文庫

ストロボ・エッジ

映画ノベライズ みらい文庫版

咲坂伊緒《さきさかいお》　原作
松田朱夏《まつだしゅか》　著
桑村《くわむら》さや香《か》　脚本

ファンレターのあて先
〒101-8050　東京都千代田区一ツ橋2-5-10　集英社みらい文庫編集部
いただいたお便りは編集部から先生におわたしいたします。

2015年2月10日　第1刷発行
2017年5月16日　第6刷発行

発行者　北畠輝幸
発行所　株式会社 集英社
〒101-8050　東京都千代田区一ツ橋2-5-10
電話　編集部 03-3230-6246
読者係 03-3230-6080
販売部 03-3230-6393（書店専用）
http://miraibunko.jp
装　丁　片渕涼太（ma-h gra）　中島由佳理
印　刷　凸版印刷株式会社
製　本　凸版印刷株式会社

★この作品はフィクションです。実在の人物・団体・事件などにはいっさい関係ありません。

ISBN978-4-08-321249-9　C8293　N.D.C913　174P　18cm

「みらい文庫《ぶんこ》」読者《どくしゃ》のみなさんへ

言葉《ことば》を学《まな》ぶ、感性《かんせい》を磨《みが》く、創造力《そうぞうりょく》を育《はぐく》む……、読書《どくしょ》は「人間力《にんげんりょく》」を高《たか》めるために欠《か》かせません。たった一枚《いちまい》のページをめくる向《む》こう側《がわ》に、未知《みち》の世界《せかい》、ドキドキのみらいが無限《むげん》に広《ひろ》がっている。これこそが「本《ほん》」だけが持《も》っているパワーです。

学校《がっこう》の朝《あさ》の読書《どくしょ》に、休《やす》み時間《じかん》に、放課後《ほうかご》に……。いつでも、どこでも、すぐに続《つづ》きを読《よ》みたくなるような、魅力《みりょく》に溢《あふ》れる本《ほん》をたくさん揃《そろ》えていきたい。読書《どくしょ》がくれる、心《こころ》がきらきらしたり胸《むね》がきゅんとする瞬間《しゅんかん》を体験《たいけん》してほしい、楽《たの》しんでほしい。みらいの日本《にほん》、そして世界《せかい》を担《にな》うみなさんが、やがて大人《おとな》になった時《とき》、「読書《どくしょ》の魅力《みりょく》を初《はじ》めて知《し》った本《ほん》」「自分《じぶん》のおこづかいで初《はじ》めて買《か》った一冊《いっさつ》」と思《おも》い出《だ》してくれるような作品《さくひん》を一所懸命《いっしょけんめい》、大切《たいせつ》に創《つく》っていきたい。

そんないっぱいの想《おも》いを込《こ》めながら、作家《さっか》の先生方《せんせいがた》と一緒《いっしょ》に、私《わたし》たちは素敵《すてき》な本作《ほんづく》りを続《つづ》けていきます。「みらい文庫《ぶんこ》」は、無限《むげん》の宇宙《うちゅう》に浮《う》かぶ星《ほし》のように、夢《ゆめ》をたたえ輝《かがや》きながら、次々《つぎつぎ》と新《あたら》しく生《う》まれ続《つづ》けます。

本《ほん》を持《も》つ、その手《て》の中《なか》に、ドキドキするみらい――。

本《ほん》の宇宙《うちゅう》から、自分《じぶん》だけの健《すこ》やかな空想力《くうそうりょく》を育《そだ》て、〝みらいの星《ほし》〟をたくさん見《み》つけてください。

そして、大切《たいせつ》なこと、大切《たいせつ》な人《ひと》をきちんと守《まも》る、強《つよ》くて、やさしい大人《おとな》になってくれることを心《こころ》から願《ねが》っています。

2011年　春

集英社みらい文庫編集部